LINCHA TARADO

Obras do autor

234
33 contos escolhidos
A faca no coração
A polaquinha
A trombeta do anjo vingador
Abismo de rosas
Ah, é?
Arara bêbada
Capitu sou eu
Cemitério de elefantes
Chorinho brejeiro
Contos eróticos
Crimes de paixão
Desastres de amor
Desgracida
Dinorá
Em busca de Curitiba perdida
Essas malditas mulheres
Guerra conjugal
Lincha tarado
Macho não ganha flor
Meu querido assassino
Mistérios de Curitiba
Morte na praça
Nem te conto, João
Novelas nada exemplares
Novos contos eróticos
O anão e a ninfeta
O maníaco do olho verde
O pássaro de cinco asas
O rei da terra
O vampiro de Curitiba
Pão e sangue
Pico na veia
Rita Ritinha Ritona
Violetas e Pavões
Virgem louca, loucos beijos

Dalton Trevisan

LINCHA TARADO

3ª edição

EDITORA RECORD
RIO DE JANEIRO • SÃO PAULO
2014

CIP-BRASIL. CATALOGAÇÃO NA FONTE
SINDICATO NACIONAL DOS EDITORES DE LIVROS, RJ.

Trevisan, Dalton, 1925-
T739L   Lincha tarado: contos / Dalton Trevisan. – 3ª ed. – Rio de Janeiro:
3ª ed.   Record, 2014

ISBN 978-85-01-01705-5

1. Contos brasileiros. I. Título.

                            CDD – 869.9301
80-0402   CDU – 869.0(81)-34

Copyright © 1980 by Dalton Trevisan

Capa: Pintura (detalhe) de Clovis Trouille

Texto revisado segundo o novo Acordo Ortográfico da Língua Portuguesa.

Direitos exclusivos desta edição reservados pela
EDITORA RECORD LTDA.
Rua Argentina 171 – Rio de Janeiro, RJ – 20921-380 – Tel.: 2585-2000

Impresso no Brasil

ISBN 978-85-01-01705-5

Seja um leitor preferencial Record.
Cadastre-se e receba informações sobre nossos
lançamentos e nossas promoções.

EDITORA AFILIADA

Atendimento e venda direta ao leitor:
mdireto@record.com.br ou (21)2585-2002.

Sumário

Lincha Tarado, Lincha   7
A Rolinha, o Gavião, a Mulher   18
A Mecha Prateada   24
Tristezas do Viúvo   32
Que Vida, João   39
Quatro Bandidos   46
Espadas e Bandeiras   50
Chora, Maldito   73
Não se Enxerga, Velho?   77
Nove Haicais   81
Colete, Polaina e Bengala   94
Um Passeio no Inferno   97
Tocaia   102
A Filha Perdida   108
Ser Mãe no Paraíso   114
Os Dias Contados   118
Rosinha e Gracinha   124
Último Desejo   130

Lincha Tarado, Lincha

— Por que bebe tanto, meu bem?

Burrinha demais para entender. Esteja sóbrio, com ela não fica. No vestido preto de cetim, a múmia da eguinha do faraó na sua mortalha. Cabelo puxado para trás, exibe na testa a estrela perdida da manhã. Essa, ao menos, atende ao seu pedido. A outra, lá em casa, só para contrariá-lo usa franjinha — e a testa ainda mais bonita. Não satisfeita, as filhas também de franjinha.

Um lixo a Dorinha, toda imprestável. Ai, de manhã como é ruim, triste de olhar. Na escura noite de tua alma, quem se importa com a manhã, se é que há manhã? Agora tão linda — não finge olho azul? Beija-o na maior doçura — ó boquinha de quinze anos.

Saracoteia frenético em volta dela. Não dança, pobre figura pícnica: baixinha, gordinha, ainda por cima grávida. Fim de noite a que sobra, por todos enjeitada. Na infinita carência afetiva, um se consola com os beijos roubados do outro.

— Amor, posso pedir mais um?

Vive de comissão, a coitada.

— Antes tire a calcinha.

Na suave penumbra do cinema poeira — há que de anos — os berros selvagens de *Lincha tarado, lincha*. Todos recolhem a mão, já vai acender a luz.

— Tudo. Menos isso.

Será por que de sete meses?

— Perde para a Maria. Quando eu mando, ela tira.

Capricho louco, exige da mulher, enfeitada para a festinha: a peruca loira, o vestido vermelho de veludo e sem ela. Nada mais excitante saber que está sem — o único a saber. Mais delicioso quando lhe sorri e ela, mãe de três filhas, ruboriza até a franjinha.

Rápido amarra na testa a gravata de bolinha, salta no pequeno tablado redondo e, sob aplauso geral, o velhinho audaz do teatro burlesco, só de cueca e sapato.

Exausto deixa-se cair na cadeira. Dorinha estende por baixo da mesa a humilde prenda de amor.

— Ponha no meu bolso.

Relação mais cerimoniosa que com a mulher. Nunca o beija pelo corpo — nem sequer até o umbigo. Na hora de espiar, a desgraçada fecha o olho. Nunca se deixa ver nua. Não sabe dela o gosto nem o cheiro.

Ampara-o trôpego no fim de noite. Bêbado demais para acompanhá-la ao Bar do Luís — a canja é o ópio da putinha —, nem assim reclama. Ainda bem, do inferninho ao velho sobrado, só atravessar a rua.

Tornasse a casa às cinco da manhã ou ao meio-dia, a cena uma só. Mesmos gritos, mesmo choro, mesmo ranger de dentes. O fim do mundo com um berro? Antes com suspiro de gozo.

Aos bordos pela rua, cuidoso de não a olhar. Conhece os quartos, todos iguais. O retrato colorido do galã de tevê. Na penteadeira os elefantes de castigo, tromba na parede. A bendita lampadazinha vermelha. A velha Nossa Senhora Aparecida de guerra. No limiar o fogoso dragão de língua bífida. Existe quartinho de virgem mais lindo?

Ela ainda lhe tira o paletó e a calça. Já desmaiado de boca aberta no imundo travesseiro. Mais que se agite — de quem o nome cuspido na boca do anjo vingador? —, ela nunca protesta. De frio, a infeliz encolhida no tapete.

— Como você se bateu, amor.

Se pudesse nunca mais acordar. Se os malditos pardais não acendessem o sol. De manhã, ali na cama, é barata leprosa com caspa na sobrancelha.

Mal abre um olho: o coágulo sanguíneo da cortina presa em grampos de roupa. Ó longa odisseia do boêmio em busca da casa perdida.

Morde na língua o uivo lancinante da lesma que espirra o chifre e se derrete na espuma de sal. Me ajude, Jesus Cristinho. Acuda, mãezinha do céu. Agora de mim o que será? Como enfrentar de braço cruzado no corredor a heroína, a mártir, a santíssima?

Gemendo e bufando vira-se para o lado. O mísero bichinho já se conchega no seu peito. Doce putinha a que você tem nos braços — outra melhor só no próximo porre.

— Morrendo de sede, minha filha. Peça duas águas. Com gás.

Eterno galã, dorme junto da porta, defendendo a dama. Que esmaga a enorme barriga na sua, rola fora da cama, enfia os seus sapatões. Arrasta-os e grita do patamar:

— Eufêmia! Eufêmia!

— A velha desgraçada...

— Eufêmia! Duas águas, ouviu?

— ... é surda.

— E uma soda. Não esqueça.

A primeira mal borrifa a sarça ardente das entranhas. A segunda — oh, não — morna e doce. Maldita Eufêmia — pudera, com esse nome — entende sempre duas sodas e uma água. Bebe no gargalo aos grandes goles, engasgando-se. Um filete escorre do queixo nos cabelos crespos da maminha.

Enganada a medonha sede, ainda de porrinho, exibe-se na força do homem. Piloto suicida, lenço branco na testa, mergulha na última missão. Perdido mesmo — oito da manhã em todos os relógios —, explodir com ele o mundo inteiro.

— Veja como é quentinho.

Exigência dele, comprou a camisola branca rendada, combinando a calcinha. E com o pobre dinheirinho dela.

— Agora como eu gosto.

A camisola não tira, simplesmente ergue até a cintura — metade Messalina e metade mãe dos Gracos. Sempre aquém da Maria, essa mais Graco, mais Messalina.

Vergonha do corpo informe, ela se põe de bruços. Presto o cavaleiro a cavalga. Da ressaca o pequeno consolo, demora quanto quer. E ela se delicia bem quietinha. Só no fim:

— Ai, ai, ai.

— Gozando, sua putinha?

Em vão tenta virar o rosto para o beijo da paixão. Em tudo — nem grito, nem suspiro — pior que a Maria.

A cabecinha louca imagina a saída que não há.

— Se for homem se chama Lauro.

— Tem dó, minha filha. Essa não.

Lá quer saber quem é o pai. Que se dane, a triste. Não pode dizer que é ele. Entre tantos quem... Verdade, não são tantos. E se fosse o único? Só quer saber se a Maria fez a mala.

— Esse filho, meu que não é.

Tanto aborto que, mais um, ela morre. Obrigada a ter o bastardinho. No sobrado durante o dia a manicura das bailarinas; além da mão, pinta-lhes o pé. Ninguém a convida para programa. Só ele, no fim da noite, perdido de bêbado.

Ai dele, o pânico instalado na alma. Que faz, o grande bastardo, às oito da manhã, com a mulher que não pediu, na cama que não queria? O último boêmio nos braços da última putinha — o repolho é o ópio do polaco.

Em agonia inclina a cabeça, ressona de leve e, ali no pulso, é meio-dia. Sai dessa, Laurinho. Como entrar em casa? Arrependido, jura que desta vez aprende a lição. Desta se escapar, nunca mais. Espreme da garrafa as últimas gotinhas de fel.

Banhado e vestido, ao alcançar a porta, a vozinha dos lençóis enxovalhados:

— E o meu presente, bem?

— Merda. Não é que esqueci.

Nem uma das vezes pagou-a. Em dívida até nas duas águas e a soda. Ou nas duas sodas e a água. Em troca, promete correntinha dourada para o tornozelo gorducho. Uma pata choca, já imaginou, de sapatão e correntinha no pé de unha encravada?

Aos trambolhões escada abaixo, desvia a Eufêmia terríbil, esgueira-se à sombra das marquises, cerca o primeiro táxi.

Eis a mala negra, a maior do jogo, ali de pé no corredor.

— São horas de chegar!

Numa só boca as sete trombetas do juízo final.

— Poxa, Maria. Assim não dá.

— Não aguento mais. É a segunda vez nesta semana.

— São dez anos. Já devia me conhecer. Sou assim, nunca fui diferente. Se mudar é para pior.

— Não te aguento mais. Quero me separar.

Salvo pelo grito das filhas que voltam do colégio.

— Não na frente delas.

À cabeceira, quieto e calado, comendo. Reclamar do bife duro? Pensa melhor, não diz nada. Na língua o carrascão de trincheira da grande guerra.

Pensa que ela — oh não, elementar, minha querida — considera as pobres meninas? Em vão fala o almoço inteiro. O seu silêncio mais inteligente que toda a parolagem dela.

— Não aguento mais. Isso não é vida. Minhas amigas, sabe o que elas dizem?

— Merda para elas. E pare de me mandar embora. Na frente das minhas filhas. Vamos conversar.

Quer protestar, ele aperta-lhe o braço com força. No quarto fecha a porta. Ela senta-se na cama e começa a chorar. Bem como a mãe dele fazia com o pai. Bem como a mãe dela fazia com o pai.

Ele se relaxa gostoso — ó fronha bordada, ó lençol imaculado — e fecha o olho. Quer morrer, quem sabe dormir.

— O grande homem da tua vida, minha filha...
— Ah, bandido.
— ... sou eu.
— Bem feito para mim. Por que minha mãe não escutei?
— Queria ser rainha. De braço com bestalhão pomposo. Casou comigo, azar seu. Já bebia quando noivo. Não pode alegar.
— Exijo a separação.
— O dia que você me deixar...
— Não seja cínico.
— ... eu choro até morrer.
— Não. Isso não é vida.
— Pode mandar embora. Daqui não saio.

Ela chora, chora, toda se descabela. Ele no bem fofinho, já viciosa intenção. Prêmio da ressaca, floresce na glória do homem. Brado retumbante, o coração dispara, engole em seco. Nada melhor que o amorzinho com mulher chorosa. No doce embalo do soluço. E ela, repetitiva, sem fôlego:

— Só chega tarde em casa. Já esqueceu do teu pai? Da barriga d'água? Nas tuas filhas não pensa. Já não me respeita. Não passo de uma vítima, uma negra, uma escrava.

Epa, não mais heroína, mártir, santíssima? Liga o rádio baixinho, põe a mão na cabeça:

— Não para nunca? Basta de me torturar. Estou doente.

— Ah, é? Onde esteve? Se tem coragem de contar.

— Fiquei bêbado, sem querer. Com o regime, perdi as forças. Me senti mal.

— Sei disso. Bêbado...

— Desmaiei na casa do André. Ele não me deixou sair.

— ... rolando na sarjeta. Com tuas vagabundas.

— Quer mesmo saber?

— Fale a verdade. Ao menos uma vez.

— Estive, sim, rolando na sarjeta.

— ...

— Em busca sabe de quem?

Cantar mais bonito consola o passarinho...

— De você. Que é o meu único amor.

... a que vazaram o olho?

— Outra não existe para mim.

Chorando sempre e, desespero tão grande, nesga de coxa aparece.

— E nunca vai existir.

Chorando e de coxa maravilhosa à mostra.

— Lincha, tarado! Lincha.

Você delira, Laurinho. As muitas letras te fazem delirar. O que ela disse foi:

— Não me pegue!

Quem não quer nada, alisa-lhe as costas, sacudidas de tremores. Sentando-se, afasta a franjinha — até que não é feia —, beija o rosto afogueado.

— Não me pegue, já falei. Que está pensando? Depois de tudo?

Ela se descobre ainda chorando e quase nua.

— Tem coragem, seu traidor?

Ai, beijo com ódio e lágrima não existe outro.

— Veja como é quentinho.

A Rolinha, o Gavião, a Mulher

— E o Mudo — quem diria? — roubou a filha do Juiz.

— Todo mudo não é feio?

— Se fosse feio ela não fugia.

— Era filha única. Ele, surdo e mudo.

— Guapo no lenço vermelho. Bastante mímica para seduzir a moça de finas prendas.

— Se o pai desconfiasse...

— O Mudo pôs a moça na garupa.

— ... ele castrava.

— De madrugada. Quando o Juiz acordou os dois já tinham cruzado a ponte.

— Você anulou? Nem ele.

— Casaram e foram felizes.

— Outro que fugiu, o André.

— Não conheci. Dele ouvi falar.

— Roubou uma freirinha do colégio. Era viúvo moço. Visitava a filha interna. Todo sábado. Eram aqueles agrados com a doce freirinha. Até broinha de fubá mimoso ele trazia. No sábado, três da tarde, ergueu a freirinha na garupa. E foi embora.

— E a menina...

— De cabeção branco e tudo.

— ... ficou no colégio?

— Que é que ele havia de fazer?

— Pobre menina.

— Só que esse não casou.

— E a Zezé? Aquela coitada não fugiu.

— Mais coitado o João.

— Se ela não mandasse o bilhete.

— Homem bom e simples estava ali.

— Logo na garrafa de leite.

— Ora, quem entregava o leite? Era eu. Na garrafa? Só se eu não vi.

— Então quem foi?

— Foi nhô Bastião. Um negro velho.

— Dona Maria entrou de repente na cozinha.

— Achou o João com o bilhete na mão. Mais que depressa ele engoliu.

— Não dizem que foi ela? Para esconder a vergonha?

— Foi ele. Em pânico. Era dona muito braba.

— É certo que dias antes ela treinou a pontaria?

— Que nada. Sempre foi disposta. Sem medo de enfrentar bandido.

— E a pistola de quem era?

— Era dela. Grande atiradeira. Um chimite de sete tiros.

— Ela, que já desconfiava, teve a certeza.

— Na mesma hora, sem nenhuma palavra, ao encontro da irmã.

— Foi só atravessar a praça.

— Oito da manhã. Abriu a porta. Deu com a outra, que varria o corredor. Parece que ergueu a cabeça e sorriu.

— Não errou nenhum tiro?

— Acertou todos. Foram sete tiros e oito feridas.

— Oito? Não pode ser.

— Ao ver o revólver a Zezé cobriu o rosto. O primeiro tiro furou a mão. Depois o olho direito.

— Dona Maria jogou a pistola e disse: *Assim que se mata uma rolinha.*

— E quem ouviu?

— É o que contam. Chegou a ver a morta?

— Não. Essa hora eu estava longe. Sei que ficou muito sangue no corredor.

— Água não há que lave. Até hoje lá está a mancha.

— Só vi o João. Chorava de dar pena.

— E a mãe?

— Para que lado a pobre velha ia pender?

— Duas únicas filhas. E a Zezé era bonita?

— Mais que a dona Maria.

— Além de mais moça.

— Dona Maria se apresentou ao sargento.

— Foi aquele luxo com a presa.

— O primeiro dia passou na cadeia.

— Na grade até cortina para o povo não ver.

— Afinal era dona Maria. Senhora de grande família e muita posse. Depois transferida para o hospital.

— Ao visitá-la o coronel Bentinho lhe beijou a mão.

— Um ano presa. Com toda regalia.

— E o júri?

— Não assisti. Sei que o famoso advogado entrou com ela de braço. Absolvida por sete a zero.

— E voltou para casa.

— Desta vez pelo braço do pobre João.

— E a vida dos dois como foi?

— Não foi a mesma. Triste e calado, ele se isolou no sítio.

— E lá morreu. Do bolo envenenado.

— Isso é intriga. Estava sozinho. Cinco anos depois. Ele e um negro velho. Que trouxe a empada de camarão.

— Dona Maria mandou. No aniversário dele.

— Era verão. Comeu demais. Morreu de guloso.

— Espumando e se retorcendo de dor. Deu o último gemido. Uma rolinha piou na laranjeira. O negro ouviu lá fora: *Assim que morre um gavião.*

— Dia seguinte cadê o negro?

— Sumiu. Certo é que a viúva não chorou.

— Se chorou não sei. Ainda viveu trinta anos. Para criar e casar os nove filhos.

— Todos nascidos antes do crime.

— Ficou bem velhinha. Com bigode e voz grossa. Doença na espinha, corcunda, de bengala.

— E o bilhete? Que dizia o bilhete? Será que...

— O que dizia ninguém sabe.

— Seria de amor? Era plano de fuga? E se não...

— Quem sabe nunca existiu. Em trinta anos ela não visitou o João. Para levar uma única margarida do banhado.

— Pudera. O túmulo da outra ali perto. Sempre mais linda no medalhão.

A Mecha Prateada

O eterno pedido, ainda de pé.

— Me dá um cigarro, João.

Na ponta do sofá, pezinho cruzado, mecha prateada no cabelo castanho.

— Por que essa mecha?

— Na outra vez eu já tinha.

— Tire isso. Teu cabelo é bonito. Mecha vulgariza.

— Nossa, João. As mocinhas estão usando.

— Por que veio tão tarde?

— Antes não deu. Ih, uma dor de cabeça.

E torce a cabecinha. Olha de soslaio e sorri — um pivô? Tão branco, só pode ser postiço.

— Você vive com dor de cabeça. Veio na hora imprópria. Toda essa gente na sala.

— Já imaginou? Se o noivo me vê?

— Diga se você quer.

— Você é que sabe.

Sorri, encabulada.

— Responda. Você gosta?
Baixa mais a cabeça.
— Gosta ou não?
Quando mente, o olhinho meio vesgo. Lá do fundo da alma:
— Gosto.
— Quero que capriche. Da última vez não foi bom.
— Estou com pressa.
— Eu também. Então comece. Tire a calça.
— Com o sapato não dá.
Antes o sapatinho vermelho, a meia desbotada. Depois a calça comprida azul.
— Agora a calcinha.
— Não me olhe, João. Que tenho vergonha.
Creme pálido. Ele ergue a blusa, ela o sutiã. O peitinho rosado, bico pequeno.
— Agora um beijinho.
Ela não retribui, dentinho apertado.
— Beijar não sabe?
Afasta a cabeça.
— Cuidado, o batom.
Ah, traidora. A boca limpinha, só pinta na saída. Outro beijo, a que não responde.

— Tem nojo de mim?
Para ela não passa de velhinho sujo.
— Pegue.
— ...
— Não. Em você.
Agarra a bundinha magra e aperta com força.
— Ai, meu Deus. O buraco da fechadura. Não tem perigo?
— Pendure a blusa no trinco.
— ...
— Agora ponha.
Ela pega e roça em volta.
— Seja boazinha, anjo.
Nem anjo nem boazinha. Um pouquinho arfante. Estremece o pobre corpinho. Ele sem paletó, gravata frouxa. Óculo aberto na mesa.
— Agora você sozinha.
Ela senta-se, olhando e sorrindo.
— Quero ver o barulhinho.
Instala-se ao lado.
— Abra a perna. Agora sou eu.
— Ah, não, João.
E prende-lhe o dedinho.
— Então venha.

Ela inclina o pescoço, as madeixas cobrindo o rosto.

— Só a linguinha.

Com elas brincando no lindo rostinho.

— É cedo. Espere. Outra vez.

Outra vez sentadinha, comportada e vesguinha.

— Agora por cima.

Ela vem de perna fechada.

— Abra, sua boba.

Não abre, não é boba. Esfrega a penugem dourada.

— Então se ajoelhe.

Afastando o cabelo, uma cortina prestes a se fechar.

— Só um pouquinho. Olhe para mim. Olhe.

Não olha, a desgracida. Gana de abrir o olho a tapa.

— Cuidado, você.

Geme, vira o olho, suspira. Agarrado na mecha preciosa. Ai, eu morro. Ela, bem quietinha.

Pronto, todo vestido, nem despenteado. Separa uma nota. Mais meia. Será que duas? Ainda fica mal-acostumada. Abre a bolsa marrom de couro: três moedinhas, espelhinho redondo, oh não, folheto de Madame Zora, famosa benzedeira, vidente, ocultista.

Ela volta do banheiro, o lábio pintado, batom na mão.

— Dá um cigarro, João.

— Por que não deixa, amor? Dói?

Risinho oblíquo e dissimulado:

— Ara, João. Faz cócega.

— Essa cócega, meu bem, é divina. Quer que te ensine?

— Agora é tarde. Escute as vozes na sala. Uma mulher falando.

Quanto mais gente na sala, mais gostoso.

— Esse teu noivo. Você gosta dele?

— Me beija sem parar. Mas eu não beijo. Sempre com a mão no meu ombro. Bem que ela pesa. Me dá ânsia de gritar. Só implica. Não quer que eu fume. Me pinte. Nem mecha prateada.

— Então somos dois.

— Muito ciumento, ele. Fazendo uma pesquisa na minha vida. Já soube do velhinho no Boqueirão.

— Que velhinho é esse?

— Depois eu conto. O sargento me quer prendada. Com estudo.

— Além de virgem.

— Ai, João. Álgebra não me entra na cabeça.

— Nem na minha. Você está magrela. É de não comer?

— Só cabeça quente. Deus me livre que falem de mim. De uma coisinha assim fazem um jornal. Estou com uma sede, João.

— Você vem porque gosta? Ou pelo dinheiro?

Pensativa e sonsa:

— Gosto de tua amizade. Se você soubesse, João. Como eu chorei.

— Por que, meu bem?

— Briguei com ele. Um ciúme desgraçado. Deus o livre. Pintura, não dá. Unha, só ao natural. Reinando com a blusa de crepe. Toda moça usa. O que tem de mais?

— É um monstro moral.

— Sábado chegou lá em casa. Eu com a blusinha azul. Ele disse: *Não gosto disso.* E foi puxar, quase rasgou. Fiquei tão braba. Bati a porta com toda a força na cara dele. Passei o domingo chorando.

— De amor?

— De raiva. Isso é vida?

— Ciúme é assim mesmo.

— Eu que não confio nele.

— Ele já tirou para fora?

— Credo, João.

— Casamento engraçado, esse. Que nunca sai.

— Eu é que pergunto. Se ele paga meu estudo. E a minha pensão. Será para jogar fora?

— Tem algum namorado no cursinho?

— Vê se posso. Na saída quem está esperando?

— Então me diga. Por que vem aqui? Será pelo dinheiro?

— Você é bacana. Legal.

Doentinha já se fazendo.

— Sinto uma dor na barriga.

— Passou a cabeça? Não será miopia?

— Acho que é fraqueza. Não tomei café. Saí apressada. Ai, minha vida, se você soubesse.

— Será úlcera?

— Não sei, João. Esta vida é tão triste. Estou precisando, João.

— Quanto?

— Você que sabe. Preciso fazer as unhas. Ele dá tudo. Mas abuso não quer. Uma medalhinha que eu compro ele não gosta.

— Tipo mais besta.

Estende o rostinho. Ele beija a face de leve.

— Já botei na bolsa.

— Olhe, João. O que nós fazemos. Nem os passarinhos podem saber.
— Apareça, meu bem.
— Está de gravata torta.

Tristezas do Viúvo

— Como vai a vida, nhô João?

Perna cruzada, o chapéu sobre o joelho. Acende o cigarrinho de palha.

— Estou viúvo.

— É recente?

— Faz cinco anos.

Queixo bem escanhoado. Dente amarelo, porém natural. Olhinho azul aceso.

— Não sabia. Que pena. Qual é a sua idade?

— Setenta e um.

— Ela era mais moça?

— Da mesma idade. Engraçado. Diferença de um dia.

— Ficaram muitos filhos?

— Criamos nove. Nunca tivemos filho. Ela não podia.

— Estão com o senhor?

— Filho é bicho ingrato. Cresceram todos. Foram se afastando. Uma está em São Paulo. Escreve de vez em quando. Outro é barbeiro em Curitiba. Todos espalhados por aí.

— Tinha algum preferido?

— O André. Mas esse faltou. Um carro atropelou na calçada. Já casado. Esse eu registrei. Pegamos bem pequeno para criar. Era sobrinho de sangue da falecida. Daí eu disse: O menino está perecendo, Maria. O padrasto judia muito. Ela disse: *Já criamos oito, João. E mais um faz diferença?*

— O senhor está forte. Nem cabelo branco.

Alisa a mecha sobre a orelha peluda.

— É de raça.

— Não pensou em arrumar companheira?

— Vivo bem sozinho. A viúva do André mora a par. Leva meu almoço. Lava minha roupa. À noite gosto de ficar em paz. Faço café com salgadinho. Só eu me governo.

— Do que morreu a velha?

— O diabo da diabete. Doença desgraçada.

— Devia ser gorda.

— Sabe que era? Ela vinha ao especialista. Um médico de Curitiba. Como é mesmo o nome?

Bate na testa, intrigado.

— Ali do Portão. É bem conhecido. Como é mesmo?

Cabisbaixo, estrala o nó dos dedos.

— Debaixo de dieta. Estava bem melhor. Ela mesma fazia o exame da fita.

— Que fita é essa?

— Aquela fita que mergulha. Mostra quanto tem de açúcar. Naquele dia ela me disse: *Sabe que estou boa? Eu sarei, João. A fita não acusa nada.* Então mecê tem de voltar ao médico.

— Mas continuou com a dieta?

— Nunca deixou. Está fácil, eu disse. O André vai junto. Ela saiu de manhã, bem animadinha. Em Curitiba o doutor achou que tinha melhorado. Mudou a receita. Deu umas pastilhas. Uma ela tomou na viagem. E outra quando chegou em casa.

— Devia estar alegre.

— Bem alegrinha. Mas já quis ir deitar. Daí vieram as vizinhas. Ela ficou entretida, conversando. A noite estava meio fria. Quando as comadres saíram, entrei no quarto. De repente ela disse: *Estou com uma ânsia, João. O que será?* Isso é do frio, eu disse. Ela sentou-se na cama, aflita. Isso é do frio. Mecê cubra as pernas. Já melhora.

— O cansaço da viagem.

— E fiquei em volta. Ela repetiu: *Estou com uma ânsia, João. Acho que não passa.* E punha o dedo na garganta. Aí alcancei o urinol. Peguei na testa, molhada de suor frio. E disse: Mecê se cubra. Isso é da friagem.

— E ela?

— Daí ela disse: *Não estou melhor* — e fez assim. Travou a língua. De repente. Um olho fechou. O outro bem aberto. Ela ouvia. Mas não enxergava.

— Como é que sabe?

— Corri a mão diante do olho. Ele não tinha vida.

— Ela ouvia?

— Ouvia e entendia. A maldita diabete. A perna ficou inteirinha dura.

— O senhor sentiu?

— Apalpei tudo. Da cintura para baixo estava esquecida.

— Ela chegou a dar algum sinal?

— Ergueu-se na cama e fazia assim.

— Ela pedia...

— ... um cigarro.
— E o senhor deu?
— Certo que dei. Dei e acendi.
— Será que...
— Mas caiu na colcha. Quase queimou.
— O que o senhor fez?
— Bradei pelo André. Que fosse buscar o farmacêutico e o padre. Filho da mãe do padre.
— Eles vieram?
— O Carlito chegou com o termômetro. Nessa hora ela quase não se mexia. Ele examinou bem. Olhou para mim: *Não adianta nada, seu João. Essa mulher morre.*
— E o padre?
— Já na extrema-unção.
— Ela conseguiu engolir a hóstia?
— Com uma colher e água. As mulheres deram o jeito. Daí foi ficando quieta. Era só aquele ronco.
— Morreu logo?
— Durou poucas horas. Com o último suspiro a lamparina apagou no copo. Na sala o relógio bateu as cinco. Um sabiá cantou na pitangueira.
— Sofreu para morrer?
— Ali na cama já não era ela. Foi uma boa morte.

— Onde foi sepultada?

— Mandei abrir o túmulo da mãe. A par da outra cova. Onde está agora o André. Esse morreu um mês depois. Bem triste perder um filho.

— Nem fale, seu João.

— Já veio no caixão. Preparei a cova do lado. Fiz um túmulo bonito.

— Com retrato?

— Retrato colorido e tudo. Cruz bem alta.

— Descansam em paz.

— Não se fie, meu velho. O desgranhento do padre botou na cabeça do prefeito. Desmanchar o cemitério velho. Vender com lucro. Fecharam o portão. O capim foi crescendo. Achei que era desaforo. Rebentei o cadeado. Sete capinadores deixaram tudo limpinho.

— Bem feito.

— De lá o prefeito tirou o pai. Levou para o cemitério fora da vila.

— Bandido.

— Mandei aviso: Quem bulir nesse chão sagrado leva chumbo. O prefeito leva chumbo se balançando na cadeira da varanda.

— Quem é o culpado? O padre ou o prefeito?

— O filho da mãe do padre. Traidor só ele. À missa desse aí não vou mais. No domingo visito a outra capela.

— Alguém mais desmanchou o túmulo?

— Os do partido do prefeito. Os meus garraram coragem. Agora todos sabem. Quem mexe leva chumbo.

Gesto manso, a voz baixa. Aprumado na cadeira. Doce olho azul.

— Gostei de ver, nhô João.

Quieto e sossegado. Como todo matador.

— Nos ossos da Maria ninguém bole.

Que Vida, João

— Hoje estou muito ocupado.
— Credo, João. Só um cigarro.
— Acenda você.
— Pelo menos me dá uma nota.
— Antes quero um beijo de língua.
— Cheirando a cigarro.
— Você é fria.
— Eu tenho vergonha.
— Levante a blusa. Me dá o peito.
— Não aperte tanto. Está mordendo.
— Tire a calça.
— ...
— Agora a calcinha.
— ...
— Ajoelhe-se.
Interiorizada, como deve ser.
— Sabe que é meio estrábica? Do olho esquerdo.

— Desde pequena.
— Não se acanhe. Acho até bonito.
— Outro dia eu...
— Diga: Ai, que bom.
— ...
— Diga.
— Ai, que bom.
— Diga: Quero mais.
— Quero mais.

Não é que o lindo rostinho afogueado?
— Outro dia eu chorei tanto.
— Chorou, anjo? Por quê?
— Da vida, João. Passei a manhã chorando. Sabe que...
— Agora não fale.
— ...
— Veja como é quentinho.

Sem que mandasse, primeira vez ela falou.
— Assim não.
— ...
— Aí. Bem no ossinho.
— ...
— Ai, que bom.

Sua cadelinha. Não é um abismo de rosas? Um turbilhão de beijos? Uma tropa galopante com espadas e bandeiras?

— ...

— Já aconteceu antes?

— Nunca.

— Jura?

— Por Deus do céu.

Uma cruz na boquinha molhada.

— Foi bom?

— Olhe, João. Deus o livre que alguém saiba.

— Sou casado. Nenhum interesse em contar.

— Todo homem é mulherengo. E muito gabola.

— Menos eu.

— Ai, que calor. Um aperto na garganta. Será febre? Sabe o que me representa? Que logo morro.

— As brigas continuam?

— Não param. Ih, tão nervosa, João. Ele deu em mim. Um soco na cabeça. Não posso me pentear, tanto que dói. Veja o sinal na perna. Aqui.

— Dele também?

— Não sei o que faço da minha vida.

— Desmanche. Um tipo assim não serve. Por que ele bateu?

— Cheguei atrasada ao encontro. Ele disse: *Você parece louca*. Respondi: Louca é tua mãe. Ai, por quê? Me cobriu de soco. Me defendi e acertou pontapé no joelho. Se começo a chorar, João, ele muda. Me pede desculpa. E diz, o cachorro: O *que tem o meu benzinho?* Basta que eu chore, pronto. Já se arrepende.

— Qual a graça do distinto?

— A cidade inteira sabe. Todo mundo conhece.

— Só eu não posso?

— Ai, se desconfia ele mata.

— Não conto para ninguém.

— É... Não digo.

— No domingo o que você faz?

— Passeamos de carro. Lugar onde tem gente ele não fica.

— E passa a mão? Ergue o vestido?

— Credo, João. Ele me respeita. Só aquela mão pesada. Sempre no meu ombro. Quer que me chegue, bem juntinho. Às vezes meu braço até amortece. Não posso olhar para o lado. Sabe que o exibido me beija guiando? Daí foi engraçado. No meio de um beijo abri o olho. Ainda deu tempo. Já estava subindo no barranco.

— Esta marca na testa? O que é?

— A pulseira do relógio dele. Ciumento, quase louco. Ontem, na hora que eu disse: É melhor que vá embora, ele me sacudiu pelo cabelo. E eu disse: Ai, seu puto. Por Deus do céu, João. Com aquela mão grande me acertou um tapa. Não posso encostar o dedo. Veja, não está roxo?

— Esse noivado não dá certo.

— Não sei, João. Se eu te contar você morre de rir. Os dois de carro, outro dia, no mesmo jeito. Aquele braço em cima do meu pobre pescoço. Daí eu disse: Pare na esquina, quero um sorvete. Comprei de creme e chocolate. Na saída dois rapazes, que nem conheço, me disseram: *Aí, gostosinha.* Sabe que fiz a burrice de contar? Ficou bem doido. Puxou um bruto revólver, para isso é sargento. Cada bala deste tamanho. *Vamos voltar. Esse bandido engole o que disse.* E o revólver tremia na mão. Eu com medo que disparasse. Dando volta na quadra, aos berros: *Onde estão os cachorros?* Nem sei quem são. Isso é bobagem, André. Parecia o fim do mundo. Não aguento mais. Se ele descobre que estou aqui. Nem cachorro pode saber.

— Nem cachorro nem gato.

— Outra vez lá na pracinha. Passou por nós um carro com placa de fora. Dois homens. Um deles tirou a cabeça e olhou. Para quem, não sei. Ele aos gritos: *Você ri para todo macho. Quem é esse cara?* E eu vou saber? Então ele não pode virar a cabeça?

— O tipo é um monstro.

— Ai, João. Como se mete na minha vida, esse homem. Não tenho sossego.

— Você estava magrinha. Agora engordou.

— Nem de casa posso sair. Ele me levou ao médico. Duas caixas de vitamina. Engordei, claro. Até a calça meio apertada.

— Assim é bom. Fica mais cheinha.

— Seu nojento.

— Você ainda estuda?

— Não tenho paciência. Álgebra, já viu? É tão enjoada. Preciso trabalhar. E ele não deixa. Tenho que pedir dinheiro. Sabe como ele é? Mão fechada, assim. Só me dá o necessário.

— E o que ganha de mim?

— Já viu. Gastei tudo. Para um brinco, uma blusa, essas coisas, nada sobra. Que vida, João.

— ...

— Sem dinheirinho para nada. Me dá um cigarro.

— Só mais um. Você fuma demais.

— Se te conheço ele já me perguntou. Sabe o que eu disse? Não sei quem é esse moço.

— Obrigadinho pelo moço.

Quatro Bandidos

Truculento, mulato, brigão façanhudo — o grande coronel Alcebíades, vulgo Bide. Só de prepotente, confisca do povinho faca, facão, faquinha de picar fumo. O maior gosto é prender bêbado no campinho de futebol. Sinistro, para inspirar terror, deixa crescer a barba.

De maldade e ganância, irrompe a cavalo no rancho da velha polaca:

— Recebi denúncia.

Com sacrifício a pobre planta o tomate, ferve no latão a massa, recolhe na caixeta.

— Sem alvará não pode.

Além do Bide, a tropa de capangas: o Bortolão, sargento da polícia, o Pedroca, famoso matador de tocaia, mais o Gejo, inspetor de quarteirão.

A velhinha cai de joelho e mão posta: as trinta caixetas, é tudo o que ela tem.

— Do meu filho o que vai ser?

Indiferentes às lágrimas da polaca, apreendem, rebentam, despejam no pó a massa vermelhosa. Quando saem a galope, a velha sacode no ar o punho descarnado:

— Se Deus existe, um por um hão de me pagar.

*

Três anos depois, no meio da praça, o moço vai ao encontro do homem:

— Seu Gejo? Mecê lembra daquela polaca das Porteiras? Das trinta caixetas de massa de tomate?

Engole em seco, o homem. Perturbado, repuxa o lenço branco no pescoço, aperta o anel prateado. Cisca a botinha marrom de sanfona.

— Não me lembro. Quem é você?

— Já lhe conto. Mecê sabe que ela rogou praga, não é?

— ...

— Sei que estava lá. Não minta.

— Foi por acaso. Mas não fiz nada.

— E a praga pegou.

— ...

— O Bortolão, um ano depois, o pinheiro caiu em cima dele.

O outro quis gracejar:

— Só mesmo um galho de pinheiro para matar. Tão forte que era.

— O Pedroca, mecê sabe, ano seguinte morreu afogado.

— ...

— E o rio nem era fundo.

— Não sabia nadar, o pobre.

— E o fim do Bide?

— ...

— Esse eu não queria ter. Um tumor na cabeça. Morreu gritando e sem ninguém por ele.

— Eu não sabia. Não tenho culpa. Até fui contra.

— E mecê, seu Gejo? O que lhe espera?

— Estive lá. Mas não me aproveitei. Eu juro.

— A velhinha está agonizando. Não pode se finar antes de vingada.

— Você quem é? Ah, já sei. O filho...

— Só espera o castigo do último bandido. Deus sabe o que faz. Agora é a sua vez.

— Estou salvo. Recebi aviso que de hoje ela não passa.

— Nem você, ó carniça.

No olho azul do moço ele viu o seu fim. Ainda ergueu a mão — o primeiro tiro furou a palma —, era tarde.

— Não atire. Já estou baleado.

E recebeu mais dois tiros. Na calçada uma pocinha de sangue, outra de água.

— Conhece que está morto.

O moço deu mais um tiro para ter certeza.

Espadas e Bandeiras

— Não venho mais aqui, João.
— Por que, anjo?
— Você contou ao sargento que me conhecia.
— Foi encontro casual. No café. Ele disse: *Me chamo André*. Daí me lembrei: Sou amigo do Carlito. A filha não é sua noiva? Ele respondeu: *A vesguinha? Conheço de vista*.
— Disse isso? Ah, bandido. Ele disse, teve coragem, a vesguinha?
— Bem assim.
— Ah, ele me paga. Só fala em você. Imagine se ele sabe que venho aqui. Por que fez isso, João?
— Não vejo nada de mal. Ele desconfia de alguma coisa?
— Olhe, João. Te peço pelo amor de Deus. Tudo que é sagrado. Não fale a ninguém que me conhece.
— Claro. O interesse é meu. Quer fazer um carinho?
— Não vim aqui para isso. Hoje não.

— Tire o peitinho.

— Foi uma bruta discussão. Vim aqui te prevenir. Se ele falar com você, tem que repetir direitinho. Eu estava na praça com minha amiga paraguaia. Você chegou e disse: *Oi, Maria. Como vai?*

— Essa não. Como é que fez essa bobagem? Se eu disse que mal te conhecia.

— Agora é tarde. Quero que você diga, se ele falar de novo. Que me encontrou na praça.

— Vocês não dormem juntos?

— Olhe, para você — e, a mão no braço dobrado, deu uma banana. — Que eu durmo junto. Já pousei na casa dos pais dele. Cada um no seu quarto. Então sou boba? Se eu deito com ele depois me larga.

— E o casório? Quando sai?

— Ele disse: *Daqui a dois anos.* Acha que eu espero? Qualquer dia, João, acabo com esse sujeito.

Ele babujava e mordiscava o seinho bem duro:

— Qual é o melhor? Este?

E depois o outro:

— Ou este?

— Seu nojento.

— Você esqueceu uma coisa. Se ele pergunta: Que praça? O que eu respondo?

— Credo, é mesmo.

*

— Pare com isso. Agora escute. Eu falei: Aquele doutor, amigo de papai, me contou: *Encontrei o seu namoradinho*. E você disse que me conhecia só de vista, seu cachorro? Ele respondeu: *Não tenho que dar satisfação*. Como não tem? Eu, tua noiva particular. Namorada firme de quatro anos. E ainda me chama vesguinha?

*

— Me dá um cigarro, João. Com uma dor de cabeça. Cada vez mais nervosa. Não sei o que é.

— Você vive se queixando. Aquele incômodo passou?

— ...

— Era do ovário? A trompa, não é?

— Credo, João. Que coisa. Agora estou boa.

— Dá um beijo de língua, amor.

Você deu? Ela também não.

— Que bobinha.

Decerto nojo de velho.

— Vamos tirar a roupa?

Sem calça, mas de blusa.

— Mostre o seio.

Ela ergueu o sutiã.

— Agora a calcinha.

— Isso não.

Pequena, mas braba.

— Quem tira sou eu.

Quero ver essa cadelinha gemendo. Hoje é teu dia, sua querida putinha. Só que ainda não sabe.

— Aí, não.

Os dois de pé. As mãos agarradas na doce bundinha.

— Aí, não. Machuca, João.

— Me dá o seio.

Ela deu.

— Agora o outro.

— ...

— Não tenha vergonha. Faça o que eu digo.

— Aí, não. Tenho cócega.

— É aqui, amor?

Em turbilhão de beijos a tropa galopante com espadas e bandeiras lá no abismo de rosas.

— Ah, não. João, você é louco. Ai, não.
O não mais fingido de todos.
— Até passou a dor de cabeça.

*

— Como é? Sumiu? Penteado novo, hein? Crespinho, repartido ao meio.
— É a moda.
— Melhor que a mecha. Por que essa unha branca?
— Na outra vez eu mudo. Tão nervosa, João. Quando fico assim não presto para nada.
— O que houve?
— Faz vinte e um dias que o sargento me fugiu. Telefono todo dia. A bruxa velha finge que ele não está.
— Será que tem outra?
— Me dá um ódio.
— Houve alguma coisa? Vocês brigaram?
— Ia tudo bem. Ele pagou o dentista. Me ajudou no casamento de minha irmã.
— A que eu vi com você na rua?
— Essa mesma. Casou com um barbeiro. Muito bonzinho. Sabe, João, eu ia descendo a praça. Ele parou o carro, tirou a cabeça: *O que está fazendo aí?* Estou

indo para casa. *Então me espere na esquina. Vou até o quartel e já volto.* Nem respondi, achei desaforo.

— Por que não?

— E as velhas na janela, já pensou? Daí não esperei. Fui para casa.

— Só por isso brigou com você?

— Não é bobagem? Vinte e um dias sem aparecer. Tem mulher no meio.

— Teus dentes estão bonitos.

— O dentista do quartel que fez.

— E o sargento pagou?

— Acha que eu posso? Sei que minha vida está complicada. Agora vence a pensão. Mais o colégio. Não fosse o meu irmão não sei de mim o que seria. Ele não pode com tudo. Já ajuda a mãe. Foi quem valeu a minha irmã para casar.

— Você não tem namoradinho?

— Deus me livre. E se o sargento aparece? Sabe como ele é.

— Então vá atrás dele. E se explique.

— Não tem um cigarro? Pelo menos uma balinha, João.

— Para tirar o gostinho, não é?

*

— Essa vida é um inferno, João.

— Alguma notícia do distinto?

— Trinta e cinco dias que sumiu.

— Já perdeu a ilusão?

— Minha gana é achar o desgracido. Que foi que houve, rapaz? Por que fez isso? Depois que vá para os quintos. Palavra de honra, João. Só isso eu quero.

— Já arrumou outro?

— Outro dia conheci um tipo. Magro, sabe o que é, João, uma folha seca e amarela? Se o vento bate ela levanta. Esse era assim. Transparente de tão magro. Dele não me agradei. Do Tito, sim, eu gosto.

— Que Tito é esse?

— Um moço de olho verde. Ele me disse: *Você, Maria, é o amor de minha vida.*

— Todos dizem isso.

— Esse não. É diferente. Quer até que eu conheça a mãe dele. Eu ia com minha amiga à praia. Daí apareceu na pensão. Você nos leva até o ônibus? *Só se você não for,* ele disse. *Se você for eu morro.* Daí nos levou de carro. Tão triste, que resolvi não ir. Vá você, eu disse para a minha amiga. Eu fico. Na volta ele começou a suar na testa. Parou o carro: *Eu sofro do coração, Maria. Você tem que dirigir.* Nossa, e eu que não sei? *Pegue no meu coração.* Eu peguei e pulava na minha mão. Quer que chame um médico? *Não precisa. Agora estou melhor.* Sabe que foi embora, aquela carinha de morredor, e nem lhe dei um beijo?

— Essa noite dormiu sozinha?

— Dormi nada, João. Chorei a noite inteira. Cedinho fui à praia.

*

— Sabe, João? Quem apareceu?

— Ora, o sargento.

— Fez de conta que não me via desde ontem. Não explicou nada. O quartel não deu a baixa que pediu.

— Ainda te ajuda?

— Disse que não pode mais.

— Vocês brigaram ou não?

— Nem discuti. O amor virou ódio. Não é mais ódio. Agora só desprezo.

— Como é que se arranja?

— Sabe que não sei. Conto com meu irmão.

— Você é fria.

— Eu sou assim.

— Assim não gosto.

— Acho que estou doente, João.

— Agora não fale.

— Meu seio está duro. Dói. Ai, não aperte.

— Dá um beijo. De biquinho. Assim.

— Assim não.

Mais que ódio, só desprezo.

— Me dá uma balinha, João.

Na gaveta sempre o pacote de bala azedinha. O bolso do guarda-pó branco do eterno menino: bala Zequinha, tubo de creme (por que verde, João?), anel mágico, revistinha suja, haicai de amor.

*

— Eu amo o Lúcio.

— Que bom, não é?

— Ele é lindo.

— Tem se encontrado com ele?

O verme do ciúme babujou e mordiscou o pobre coração aflito.

— Me espera na saída.

— É carinhoso?

— Carinhoso e me respeita. Não é como esses que vão agarrando o peito.

— Ele te beija?

— Beija. Pega na minha mão.

— E o sargento?

— Para mim ele morreu. Está morto.

— Você é ingrata, hein? Um rapaz tão bem-intencionado. Quem é que paga tua pensão? E o colégio? E o dentista?

— Ele não pode mais. Sabe que está devendo?

— Teu caso com ele acabou?

— Para sempre. Tenho uma coisa para te contar, João.

Essa não, pequena vigarista.

— Veja como é quentinho.

— Estou em dificuldade. Até mudei de pensão. Eu e minha amiga.

— Por que mudou?

— É mais barata. A comida, pior.

— São quantas no quarto?

— Seis. Empilhadas nos beliches. Só converso com uma. As outras mal conheço. Cada uma entra numa hora. Sou a primeira. Quem chega acende a luz, muda a roupa e apaga outra vez.

— Cada vez que acende você acorda?

— No fim a gente acostuma.

— Qual é afinal a dificuldade?

— Estou quase louca. Tenho de pagar hoje o colégio. Três dias que não vou. Eles não deixam entrar. Com multa e juro. Você me empresta, João? Te dou um cheque.

— Começa que não tenho.

— João, não finja. Tal será você não ter — um doutor!

— Não tenho mesmo. E se tivesse não emprestava. Nosso trato você sabe qual é. Eu dou, não empresto. Faço a minha parte e você a sua.

— ...

— Tenho feito bem a minha, não é?

— Você não entende, João.

— Te dou até mais um pouquinho. Se pago hoje o teu colégio, quem paga amanhã? Teu irmão pode? Você tem que trabalhar, isso sim.

— Compro todo dia esse maldito jornal. Ontem vi um anúncio de dentista. Eu telefonei. Sabe o que a cadela me disse? *Já preenchi a vaga.* O que você quer que eu faça? Pegue homem na rua?

— Sei que no fim dá tudo certo.

— Vocês, homens, não valem nada. Homem bom, se existiu, morreu anjinho.

— Sua baixinha atrevida.

*

— Levei um susto. Dei uma risada nervosa. O sargento perguntou: *Do que está rindo?* Ora, não posso?

— Ele te beijou?

— Um beijinho aqui. Já pesou aquela mão no meu ombro. Me deixou na pensão. E foi tudo.

*

— No feriado viajei para casa. Fiz penitência. Confessei e comunguei.

— Quem te confessou?

— O padre Tadeu.

— Contou o que nós dois fazemos?

— Credo, João. Contei que disse nome feio. Que desobedeci a minha mãe.

— E o que ele disse?

— *Isso não é nada, minha filha.*

— Ah, se ele soubesse... Ainda garante que é virgem?

— A moça que não se cuida, a moça fácil, está perdida. Se for para a cama com um homem... triste de mim. Esse Paulo me disse: *Você é fria. Não é de nada.* Sou fria, não sou de nada. Bem que vive atrás de mim. Homem é bicho sem-vergonha.

*

— E o teu grande amor? O tal Lúcio.
— Ih, tão enjoado. Só falava na santa mãezinha. Não me queria na pensão. Que ficasse no pensionato de freiras. Já viu, não é?
— ...
— Ele não é como os outros.
— É uma das loucas?
— Nossa, João. Você não tem sentimento.

*

— Hoje estou nervosa. Sem graça. De beijo não gosto.
— Não gosta? Ou será que tem nojo?
— Beijo de cuspo, ui.

— De biquinho, anjo, não é bom?
— Só unzinho.
— O que você é, sabe? Uma enjoada. Cada vez mais chique, hein? Todo dia uma blusa, uma calça.
— Presente do sargento. Se ele dava, eu era boba de enjeitar?
— Não tire a botinha. Quero você de botinha.
— Viu meu sutiã novo?
— Bonito.
— Está pinicando. É áspero.
— Agora o peitinho.

*

— Sabe da última, João? No feriado fui para casa. Desci do ônibus, e quem estava na praça? Todo humilde, batendo continência.
— Fizeram as pazes?
— É o que parece. Mas não pense que gosto dele.
— Se ele quiser casar, você aceita?
— Agora eu faço questão. Nem que me separe depois. Quatro anos esse fulano me fez perder. Está certo me deixar na estrada?

— Claro que não.

— Sabe o que ele disse? *Maria, amor de minha vida. Quero te dar uma festa.* Viu como ele mudou?

— E o sumiço, ele explica?

— Foram as dívidas. Agora ele jurou: *É tudo outra vez, Maria, por minha conta.* Não pense que estou precisando, eu respondi.

— Soberba, hein?

— Se não trabalhei até agora foi porque você não deixou. *Credo, Maria. Você está diferente. Não será outro homem?* Eu é que te pergunto, seu puto. Outra mulher não será?

— Ingrata, você. Não tem pena do pobre?

— Passamos um domingo divertido. Me deu até o carro para guiar. Antes nunca deixou.

— E voltaram juntos?

— Foi a maior vergonha. Sabe aquele buraco entre os dois bancos? Me obriga a ficar ali, numa almofada. O tempo todo com a mão no meu ombro. Um já está mais baixo que o outro. Não tenho onde me encostar. Veio um colega dele atrás. Nunca passei tanta vergonha. Cheguei com dor no pescoço.

— Se casar, anjo, você o engana, não é?

— Está louco? Vê se ele deixa.

— Basta você querer. Eu te espero depois de casada. Sem luxo de virgem.

— Você é um bandido, João.

— Toda cheirosa, hein?

— Ponho aqui, atrás da orelha. E aqui. Na rua os moços até se viram: *Que guria mais perfumada.*

— Agora não fale.

— ...

— Veja como é quentinho.

*

— Se eu te conto, João, nem acredita.

— Parece tristinha. O que houve?

— Tipinho desgracido. Oi, sargento miserável.

— Fale, anjo.

— Estava tão alegre. Quando ele falou em festa achei que ia dar a aliança. Terça-feira caiu aquela chuva, bem na hora da aula. Parecia um buraco no céu. Esperava que ele aparecesse na saída. Que raiva, João. Cheguei em casa encharcada. Me encostando nas portas. Não dormi, pensativa. Cedinho liguei para o quartel. Sabe o que me disse?

— ...

— *Como vai, sua cadela? Não adianta mentir. Agora tenho certeza que você me traiu.* Credo, que é isso? Eu não devo nada. *Não adianta.* Só você vendo, João, como estava nervoso. *Se quer saber melhor, ligue à noite para minha casa.* Assim não vale. *Vale, sim. Tiau.*

— Não me diga que...

— Desliguei com a mão na cabeça: Ele descobriu, o grande puto. Meu caso com o João.

— Não pode. Essa não. Espera aí.

— Chorei tanto. Me arreneguei. Vontade não sei do quê. Depois eu soube que naquela noite ele me procurou. Os sargentos que vieram com ele disseram que estava nervoso. Quase não falava. E aquele bruto revólver na cinta. Sorte não me viu na saída. Aposto que tinha me atirado.

— Ora, que bobagem.

— Já imaginou, João, eu morta?

— E daí? O que aconteceu?

— De noite eu liguei. A mãe atendeu. *Maria do céu,* ela disse. O *que você fez para meu filho?* Não sei de nada. Acho que alguma intriga. O *pobre virou a cabeça. Saiu agora pouco de casa. Disse que ia dormir no mato.* Então eu ligo mais tarde. Dez horas chamei outra vez da praça. Meu ouvido saiu doendo. Falou das dez e quinze até onze e meia. Ele urrava.

— Conte depressa.

— *Foi um homem que me avisou.* Diga então. Que homem é esse? *Não precisa saber.* Eu conheço? *Não te digo. Sabe tudo de você. Daí eu vi como você é cadela.* O que ele me contou? *Você tem um caso sério.* Com quem?

— Fale de uma vez.

— *Com o seu querido dentista.* Na hora que ele disse dentista, João, nasci de novo.

— Eu também.

— Que homem é esse? Decerto é ele quem me quer. Por que não conta quem é? Daí eu troco ele por você. Bem sabe que nunca houve nada com o dentista.

— Que o sargento não ouça. Não me disse que acha lindo o dentista?

— Lindo, sim. E daí? Nada entre nós. O que o homem contou do dentista? *Que ele te encontrava à noite. Depois que eu saía.* Você sabe que é impossível. No consultório nada podia acontecer. Nem que eu quisesse. A enfermeira — aquela filha do Tavico — nunca sai da sala. Você sabe que uma vez, uma única tarde, ele me levou para casa. E quem mandou? Não foi você? Ele lhe telefonou: *Dei dois pontos na gengiva da Maria. Não acho bom que vá a pé para casa. Por que não chega aqui? De carro?* E daí, homem, o que você disse? *Não posso. Estou de serviço. Será que me fazia esse favor?* Por Deus do céu, João, essa a única vez que o bendito dentista me levou para casa. No carro dele. De dia. A gengiva sangrando.

— Por mim acredito.

— *E os fins de semana?* Ele, aos berros. Já esqueceu com quem eu passo todo fim de semana? *Como é que vou saber? Se levei mais de quarenta dias sem ver você?* E levou porque quis. *Quando ponho uma coisa na cabeça não há quem tire. Você me conhece. Agora só quero te ver morta.*

— Para mim não precisa mentir. Não houve mesmo nada? Você não o acha lindo?

— Lindo, mas de corpo feio. Eu continuei: Por que não diz quem é o intrigante? Seja homem, André. Tenha coragem de falar. *Ele é o meu espião. É bom que não saiba quem é.* Isso é invenção tua. Que história é essa de dormir no mato? *Uma vontade que me deu.* E por que não foi? *Não interessa. Quero saber é do dentista. Não devo nada. Sei que não devo.*

— Puxa, que monstro, hein?

— Você acha que eu dormi? Chorei tanto. De raiva. Agora não dou mais confiança. Se ele quiser que me procure.

— Cada uma que você me inventa.

— Meu irmão, João, é um bandido. Bem quieto, olha para o lado. Você não sabe o que tem dentro dele. Saio daqui e conto da calúnia do sargento.

— Que loucura. Jogar teu irmão contra o sargento. Aposto que já não está convencido.

— Deus o livre (com o dedinho na boca) de alguém saber.

— O quê, anjo?

— De nós dois.

— Quantas vezes já te disse? Meu interesse é tão grande quanto o teu. Que ninguém saiba. Acha que ele ainda acredita na história do dentista?

— Na outra vez eu te conto.

— Dá um beijinho, amor.

— Já é tarde. Até você, João, duvida de mim?

— Só perguntei, ora. Tire a roupa.

Falando sempre, ficou de pé.

— Esta vida é uma desgraça.

Enroscou a calça na botinha.

— Só comigo acontece. Não tem um comprimido? Ai, que dor de cabeça. Latejando bem aqui.

— Pare de se queixar. Agora não fale. Fique de botinha.

Sofrida, ainda mais bonitinha. Ajoelhou-se, ergueu os olhos (não para ele, lá para o céu), suspirou fundo. Quem diz: Pobre de mim. Ó Deus, me veja eu aqui.

*

— Tão doente, João. Uma gripe daquelas. Da chuva de ontem. Molhei os pés.

— Então fique de longe.

— Dói a garganta. Cada vez que você engole.

Ai, putinha querida. Dói cada vez que você engole — isso não é o amor?

— Injeção não tomo. Eu sou boba? Quanta gente morre na farmácia.

— Como é? Acertou com o sargento?

— O fim de semana passamos juntos.

— Meus parabéns.

— Lá em casa. O sábado inteirinho. De serviço no domingo. Só telefonou.

— Descobriu quem é o espião?

— Não quis dizer. Traga o teu espião, eu desafiei. Se tem coragem de falar na minha frente.

— Será que acreditou?

— Não chega o que eu já disse? Jurei pela alma. E jurando pela tua alma, João, quem pode mentir? Já viu, João, a alma?

— É sagrada. Eu sei quem é o espião.

— Sabe quem é!

Inteirinha vesga de tão aflita.

— Como é que sabe, João?

— Estou brincando, sua boba.

— Credo, levei um susto.

— E a festa? Sai o noivado?

— Não gosta de festa. Numa casa com mais de três pessoas, todo agoniado. Tristonho, não fala. *Em vez da festa,* já disse, *prefiro um passeio no campo.*

— Não se fie. No campo. Só os dois.

— Não é isso. Naqueles campos onde faz manobra. Que diabo de vida, João.

— A dele ou a tua?

— Esse coitado faz mais de vinte manobras por ano. Quando não está de serviço. Ai, tanto domingo perdido.

— Bem que dele você gosta.

— Domingo todos lá em casa. Não faltou ninguém. A sorte do sargento estar de serviço. Palavra de honra, João, o que eu fazia? Contava para meu irmão, na frente de todos. Sabe, Oscar, o que diz esse meu noivo? Que sou amante do dentista.

— Agora fique quieta.

— Com essa gripe, João...

— Suspire: Ai, que bom.

— ... o que você quer?

— Fale com ele.

— ...

— Diga: Como é grande.

Chora, Maldito

Sofri um abalo, meu velho. Vinte e um dias fiquei desligado de tudo. Desastre de carro? Muito pior. Perdi a minha patroa. Faz hoje setenta e cinco dias. Morresse de doença, aos poucos, eu me conformava. Você a conheceu: mulher sã, oitenta quilos, corada.

Não ocupou médico, nunca esteve doente. Quinze dias antes finou-se minha mãe. Enterramos a velha. Já foi um sofrimento. Na volta ela me apertou a mão: *Tome cuidado, João. Está muito nervoso. Não invente de morrer. Sem você* — e me deu um beijo molhado — *que será de mim?* E quinze dias depois, quem me falta?

Era domingo, recebemos o compadre Carlito. Sempre despachada, estalando o chinelinho. Fez almoço especial, galinha com polenta, salada de agrião. De noite deitei mais cedo. Me lembro, ela saiu do banheiro, a camisola de fitinha. E disse: *Pegue aqui, João. Veja que bate depressa.*

Tinha bebido, a pobre, um copo de vinho tinto. Maldito, sabe o que pensei? Bem eu queria. Botei a mão trêmula. Casado tantos anos, seis filhos, e perto dela ainda tremia. Levei um susto: o coraçãozinho latindo. Quem sabe chamo o doutor. *Não carece, João* — e alegrinha sorria. *Não dói.*

Não estava pálida nem nada. Marcou o despertador para as cinco horas. Na velha camisola rosa desbotada. Ainda beijei, quando ia desconfiar, as queridas sardas na bochecha e no colo arrepiado de cócega. Muita noite ali descansei a cabecinha aflita.

Outra igual não existe. Nunca brigamos. Aqui cheguei de cesto vazio. Me ajudando, ela costurava para fora. Quando melhoramos de vida, falei: Agora você tem de parar. Mas você parou? Nem ela. Até o último dia.

Duas da madrugada. Acordei com gemido feio. Acendi a luz. Dei com ela: sentada na cama, cara roxa, grande olho branco.

Olhei para ela e não podia acreditar. Lábio azul, o dente cerrado. Tentei abrir — saiu gosma de espuma com sangue. Daí me pus a gritar. Chamei de volta, não me ouviu. Lutei com ela, que se mexesse. Uma dona daquelas, oitenta quilos, não é fácil.

Acordei a família. Acudam, ela morreu. De cueca e descalço correndo para a rua. Quando voltei com um vizinho os filhos ali no quarto. O mais pequeno subiu nela aos gritos: *Acorde, mãezinha. Fale comigo, mãezinha.*

A gente não se convence. Ainda chamaram médico. O que ele fez foi me dar bruta injeção. Fiquei meio bobo. Não sei quem a vestiu. Lembro mal e mal do guardamento. Ao enterro não fui, minha sogra não deixou.

Ficamos sós, eu e os seis filhos. Menos mal já estão criados. A mais velha é casada. Noventa quilos, puxou à mãe. Sabia que era avó? De uma netinha. Com dois meses quando ela se foi.

Pior a primeira noite sem ela. Acendi todas as luzes. Rodeei a cama de filhos. No lugar dela o menor de doze anos. Fiquei vinte e um dias sem prestar para nada. Até hoje esqueço tudo. Às vezes não sei fazer uma conta. O médico pensou até no asilo. Já me viu no meio dos loucos?

Hoje são setenta e cinco dias da morte. E vinte e dois anos do casamento. Dela não guardo queixa. Tão econômica, do dinheiro usava só a metade. Por que não gastou tudo? *Não deu,* ela acudia. *Não tive coragem.* Essa roupinha sabe quem costurou? Existe dona igual?

Candidata é que não falta. As filhas acham que devo. Viúva moça, solteira de prenda. Até com dentinho de ouro. Alguma que nem mereço. Tão enfeitada e viçosa.

Se foi plano de Deus, bem sei, devo me conformar. De dia me distraio na oficina. Mas de noite? Pensando nela me bato a noite inteira. Minha cama, nela eu deitava. Colcha de pena de colibri, com ela me cobria. Doce cadeira de balanço, nela me embalava. Apagada a luz, erguia a camisola. Cego, de repente eu via — no lombinho tão branco duas luas fosforescendo.

Saudade judia do corpo? Sinto a vista cansada, mal posso ler. Toda manhã faço a barba, ainda aparo o bigode. Ela morreu — e não raspei o bigode. Três dias que o olho está seco. Me esbofeteio com força. Chora, maldito.

Não se Enxerga, Velho?

— Como é que vai, seu João?

— Ai de mim — e aponta o curto polegar para baixo. — Morro logo.

Olhinho vermelho aos gritos: Não morro, não. Nunca mais.

— Isso é luxo, seu João. Quer elogio. E a vista?

— Me abriram a barriga e arruinou o olho. Sabe que lente de óculo é de um a vinte e quatro? Fui até a última. Já não tem o que sirva.

Zangado exibe no bolsinho as duas grossas lentes.

— E o ouvido?

Com a mão em concha na orelha peluda.

— Quase surdo.

— Bobagem, seu João. Olhe para o senhor. Lépido e fagueiro. Ainda cerca uma franguinha?

A gargalhada feliz sacode a barriguinha.

— O médico já me disse: *Não tome aquelas pílulas. Senão acontece como o velho André.*

O risinho bem arteiro.

— *Morre por cima.*

— E o senhor toma?

— O que mais? Se não, nada feito. Não é como antes. Agora preciso duas e três.

— Me conte da mocinha.

— É uma casa no Xaxim. Duas gordas que atendem. Se o cliente é distinto elas têm um quarto especial. Colcha limpinha. Bem vermelha. Revistinha suja. E espelho oval na parede.

— O senhor leva alguma franguinha?

— Já viu. Tantos aninhos.

— Onde que arranja?

— Ponto de ônibus é bom para pegar. Já o doutor não pode. É arriscado.

— Mas o seu João, hein?

Dentinho amarelo bem pequeno — gasto pelo uso.

— Eu posso. Ninguém repara. Outro dia eu vi duas. Achei uma delas bonitinha. Bati no ombro: Como é? Você vem comigo? Era soberba: *Não se enxerga, velho?*

— Que doninha confiada.

— Por duas notas, já viu, ela aceitou. Cheguei de táxi. Desci com a menina. A gorda me disse: *Essa é muito criança.* Me levou para o quarto secreto. *Se vier a polícia não tem perigo.*

— Como é que foi?

— Ah, doutor. Nem queira saber.

— Branca ou morena?

Olhinho miúdo, porém safado no último.

— Branquinha.

— Foi por cima?

— E por baixo. Sabe? É só chegar. Não tem perigo.

O doutor entra de vereda.

— Seu João prefere a novinha?

— As mais crescidas sabem tudo. Menina...

Meio de joelho e mãozinha posta para o alto.

— ... a gente que ensina.

— ...

— Ela me enxuga a testa. Até que esta bendita veia se acalma. Ai, soninho gostoso. Arrumo a cabeça no peitinho e fecho o olho.

— Bem se regala, hein, seu João?

— Ela me sacode: *Acorde, avozinho.* Me chama de avô, a santinha. *Puxa, como ronca.*

— Ai, se nhá Maria...

— Sabe que não alcanço o cordão do sapato? Ela que aperta ali de joelho. *Tadinho do meu velho* — e me abana com a revista.

— Não tem medo, seu João? Que tal se... Deus o livre...

— Que nada. Só fortalece o coração. Por que o doutor não experimenta?

Nove Haicais

— Mora nas Capoeiras. Todo sábado vem à cidade.
— E almoça na hospedaria?
— Nem precisa. Abre o dia com café reforçado, viradinho com torresmo, ovo frito dos dois lados, um naco de charque. E mate ainda por cima.
— Nhô João vem de barriga cheia.
— É louco por mulher. Não faz cerimônia. Pega a china que bem quer, volta com ela na garupa.
— Foi assim que agravou o nhô Emídio.
— O mais velho, de grande barba, muito respeito. Lá do Mato Queimado, com sacrifício, trotando no duro cavalinho, só para fazer uma visita. Chega ao sítio do irmão ali pelas nove da manhã. Mal apeia do tordilho, o outro salta ligeiro no petiço: *Como vai, Emídio? Mecê chegando e eu saindo.* E se tocou atrás da bandida no vestido vermelho de cetim.
— Nhô Emídio ficou na maior brabeza. Se achou ofendido, e com razão. *Faço visita especial a esse*

velhinho sem-vergonha. E ele sai correndo no cheiro de uma cadela.

— Como vive é um segredo. Solteirão, mais de sessenta anos. Sozinho, sempre atrás de mulher. Só cuida de variar, trocando uma por outra mais moça.

*

— O compadre conhece o Ditinho?
— De muitos anos. Ele quem deve? Então considere perdido.
— Casou com a Maria, minha prima. De respeito, é meu primo. Imagine a minha desdita. Logo que casou veio lá em casa, todo almofadinha. Dizendo que carecia de dois mil. Sabe, até fiquei faceiro? Um almofadinha na minha casa. Quem houvera de pensar? E ofereceu cinco por cento de juro.
— Tudo promete quem não paga.
— Eu cuidava da velhinha. A avó da Maria. E, de respeito, a avó do Ditinho. Isso foi cinco anos atrás. A velha tinha as economias de uma aposentadoria. A ele entreguei o dinheirinho.
— Sem título nem nada?

— Ele me tratou como igual. Me levou a comer churrasco, me deu mate na cuia floreada. Eu no maior gosto. À noite comecei a pensar. O pecúlio é da velha. Se ela falta, o que vão dizer? Fui até a farmácia do Carlito, pedi o dinheiro a três por cento. Se o Ditinho pagasse os cinco eu levava ainda um lucrinho. Devolvi as economias da velha. E o Ditinho nunca de pagar. Nem o juro. A muito custo me passou papel de dívida.

— Não sabe que, o Ditinho ainda moço, o pai anunciou no jornal que dívida do filho não pagava?

— Todo mês eu dava o jurinho para o Carlito. Daí pensei: Sabe que estou fazendo de bobo? Tratei de vender a batatinha. E paguei ao nhô Carlito.

— Fez muito bem.

— Perdi até na batatinha. Que teve alta dia seguinte.

— ...

— Aí no que deu, compadre. Confiar em almofadinha. Sabe o que valia hoje esse dinheiro?

— Nem dá para pensar. Quando olho para ele vejo o anúncio na primeira página: *Aos meus amigos — De hoje em diante não pago dívida do meu filho Benedito, vulgo Ditinho*. Aos vinte anos já não prestava. Sumiu e agora de volta, mais de cinquenta, sempre de gravata, sorrindo no dentinho de ouro. Como é que a Maria foi casar? Na idade dela, solteirona e feiosa?

— É professora, não é? O Ditinho pensou no cheque todo fim de mês.

*

— Uma vez lacei esse negro. Caminho da cidade, varando as capoeiras. De repente o Pedrinho sai da porteira aos gritos: *Pega esse nego. Ele avançou na minha mãe.*

— Barbaridade.

— Toquei o petiço, o negro fugia na perna comprida. Tropeçou ali na pinguela. Cheguei mais perto, atirei o laço, o negro caiu. Saquei da pistola: Não tire que engole bala. Levei o bicho de volta.

— De arrasto?

— Não carecia. E ficava feio para mim. Foi na frente, com o laço na barriga.

— À cidade ele nunca chegou.

— Sol forte do meio-dia. Eu com fome danada. Já estava atrasado.

— Conhecer uma das novas chinas de nhá Lurdinha.

— Lá no alto da cruz, encontrei o compadre Juca Pinto. Bom dia, compadre. Mecê é o inspetor de quarteirão. Esse nego fujão a modo que agarrou a mãe do Pedrinho. Fiz minha obrigação de laçar. O resto é da sua competência. E tratei de apurar o peticinho.

— O que ele fez com o negro?

— Decerto soltou. Sempre foi muito preguiçoso. Meu problema era fome.

— Do negro também. Hoje está morto, não é?

— Mataram por engano. Um nego engraçado. Forte, altão, filho de nhô Migué Jacaré. Por causa do pé espalhado. Descalço, dedão empinado, de tanto tropicar. Vadio como só ele.

— E a mãe do Pedrinho, a pobre?

— Era viúva recente. Menos de quarenta anos. O negro rondou a casa, pediu copo d'água. Sorte que o filho ia chegando. Aos gritos, lá na porteira: *Pega esse nego. Pega ele.* Que correu para a estrada. Bem na hora que eu ia passando.

*

— Ele falou sobre mim? Que casa ou não? Muito desconfiada desse homem. Entrou na sala, esfregando a mão: *Adeus, Teteia. Desta, estou livre.*

— ...

— Será que de mim também quer se livrar?

— O que mais falou?

— *Eu me admirei. Aquela mulher parecia minha avó. Adeus, Teteia.* Pudera, na miséria, a pobre. Carpindo a roça. Comprando cabelo de cabocla e trançando peruca.

— Ele já não tem desculpa. Trate de casar, dona Maria.

— Esse hominho é arteiro. Juntos há mais de trinta anos. Com três filhas. E até netos.

— Arteiro por quê?

— Andou de caso com uma sirigaita. Dezenove anos, já viu. Sumia a noite de sábado e o domingo inteirinho. Com história de pescaria.

— ...

— Essa moça já tem outro.

— Quem é ela?

— Com a idade, o senhor sabe, a gente fica diferente. Já sem jeito de fazer carinho. E uma moça, já viu. Ele começou a sair de noite, voltando sempre mais tarde.

— Um baralhinho quem sabe?
— Ele não joga.
— Bebida?
— Não bebe.
— Então é mesmo sirigaita.
— Será que me bota fora de casa?
— Que é isso, dona Maria? Fique sossegada.
— Garante que não falou sobre mim? Da outra repetia: *Vou preso, sim. Só não dou um tostão para essa puta.*
— Se ele falar eu lhe conto.
— O senhor promete que não diz? Quando ele vier aqui? O que eu perguntei?
— Certo que não.
— E a Teteia, como é?
— A comadre não conhece? Velhinha, gordinha, baixinha.
— Eu, pelo apelido, imaginei fulana vistosa.
— Pode que foi. De Teteia já não tem nada.

*

— De que valia esse rapaz continuar sofrendo? Já participava da conversa. Entendia as coisas. Há três dias muito mal. Entrou em coma. O André subiu para dar a injeção. Eu, covarde, fiquei embaixo. Logo depois foi a mãe. O silêncio mais de meia hora. Sabe que o André o achou morto?

Os dois desceram, eu aqui na sala. O André foi dizendo: *Pai, o Dadá faltou. Está com Deus.* Daí eu caí no choro. *Eu e a mãe já vestimos. Bem elegante. Como ele gostava.* Me abracei soluçando com a mãe.

Tão emocionado nas primeiras horas, fiz tanto barulho, tiveram de fechar o caixão — eu não podia despregar o olho.

Feri melhor assim. Mal desgraçado. E num lugar esquisito. No piloro.

Era vaidoso, esse menino. Tinha álbum de retratos. Quase que só dele. A mãe abriu o álbum — os do aniversário estão lá. Por ele pregados. Convidou todo mundo, o pobre. Como se soubesse.

*

— Isso me lembra do Tibúrcio.

— O velho ferreiro.

— Esse mesmo. Tinha uma chácara aqui perto. Chegou lá em casa. Era de tarde. E me disse: *Tem alguém roubando o meu milho. O ladrão vem antes de nascer o sol.* Mecê deixe por minha conta, respondi. Eu como inspetor de quarteirão sei o que fazer. Ponho o Tito de guarda no paiol.

— E agarrou o ladrão?

— Primeira vez não deu certo. Dia seguinte, bem cedinho, ainda escuro, estou fazendo a barba. Daí a Rosa, minha velha, bradou: *Corra, Juca. O Tito pegou o homem. Está gritando que não aguenta mais.* Larguei tudo, o rosto branco de espuma. E o Tito lá estava. Com o negro caído a par da porteira. O saco de milho derramado no chão.

— Daí o que mecê fez?

— Amarrei o negro. Com o laço. Bem firme, os dois pulsos. Acabei de fazer a barba, tomei o mate.

— O negro amarrado na porteira?

— E o Tito ali cuidando. Montei no cavalo, disse para o negro: Vá, quieto. Teu caso é com o delegado.

— Quem era, o Alcebíades?

— Ele mesmo. O famoso Bide.

— Pobre do negro.

— Sabe que às vezes, ruim como era, tinha bom coração? Cheguei com o bicho na cadeia, entreguei ao Bide. Ouvi a conversa dele com o capitão. E dizia: *São cinco negrinhos, seu capitão. Cinco negrinhos para comer. Que se há de fazer?* Daí eu saí.

— E o negro, o que aconteceu?

— O Bide surrou bastante. Depois soltou.

— Milagre.

— Mesma noite o negro reinando no Balaio de Pulga.

— ...

— Aos berros de todo mundo nu.

*

O chinês Pui Li, 30 anos, empregado na pastelaria Kom Tom, foi preso ontem no 1º Distrito. As relações entre ele e a esposa Tam Sun, 22 anos, já não eram boas e anteontem chegaram a um ponto insuportável.

Quatro meses atrás Tam Sun registrou queixa no 3º Distrito acusando-o de maus-tratos. Desde então tudo ficou mais difícil entre o casal, que tem dois filhos menores. Anteontem Pui Li saiu mais cedo da pastelaria. Chegou em casa às 11:30, almoçou bem-disposto. Em seguida quis manter relações com a mulher.

Porque ela se negasse, Pui Li se revoltou e lhe acertou pontapé na nádega. Tam Sun alcançando a vassoura atingiu duas vezes a cabeça do marido, que correu para o quarto. Depois tudo ficou mais calmo. Tam Sun deu de comer aos filhos e foi lavar roupa no tanque, deixando no fogão a chaleira de água.

Furioso por não satisfazer os seus desejos, Pui Li apanhou a chaleira de água fervente e despejou-a no corpo da mulher. Tam Sun, aos gritos, com queimaduras graves, foi internada pelo marido no pronto-socorro.

O delegado confiou a guarda dos filhos ao dono da pastelaria Kom Tom.

*

A você posso me confessar. Você tem experiência: abandonei minha mulher. Estou morando no Hotel Martins. Puxa, nunca pensei fosse sofrer assim. Dela já não gostava. Juro que não. Mil vezes não. Então por que sofrer? Não é estranho?

Assim mesmo que a gente sente? Sem sossego, a dor fininha no peito, uma aflição de quem perdeu o chapéu — e você não usa chapéu. Daí bebe, a angústia passa. Dia seguinte acorda pior. Isso mesmo, não é?

Ainda bem, fico mais descansado. O que eu queria saber: dura quanto tempo? Será que logo não passa? Que é que você pode fazer?

Ai, não me diga. Nada se pode fazer. Isso que é o mais triste? Bem assim. Só o tempo que?

*

— E do seu João a morte como foi?

— O senhor veja. Homem bom estava ali. Não chegou a ficar doente uma semana. Quando vinha a dor no peito — isso aconteceu duas ou três vezes — saía do quarto para não incomodar a mulher.

— Aquela corruíra nanica. Foi ela que o matou.

— Ainda hoje, cinco da manhã, acordou e disse: *Maria, estou com falta de ar. Vou levantar um pouco.* Ela mostrou o tubo de oxigênio ao lado da cama: *Por que não usa? Fique deitado, está frio.* Na hora em que alcançou o tubo, caiu por cima dela. Que gritou. Depois foi me chamar. Eu fiz massagem. Sem saber como, esfreguei o peito com força. Ele deu ainda dois suspiros. E ficou morto para sempre.

Colete, Polaina e Bengala

Toda manhã exibe-se na pracinha, garboso de colete, polaina de lã e bengala. Altão, magrão, barbicha grisalha.

No fundo do corredor o eterno pigarrinho do cigarro de palha.

— Ué, onde foi nhá Maria?

A Negrinha esfregando a mão na saia vermelha:

— Lá na igreja.

— A essa hora?

Única beata na igreja, a deliciosa gordinha. Desfiando o rosário ao pé do altar. Paga secreta promessa? Quem sabe Nossa Senhora amanse a fereza do querido carrasco?

Na calada ele se chega. O susto da pobre mulher quando lhe toca no ombro com a bengalinha.

— Vosmecê é casada com o padre?

Para ela, no oitavo mês do quinto filho...

— Ou com seu João?

... o doce inimigo é sempre um turbilhão de beijos. Mais que depressa:

— Com seu João.

— Então já para casa.

Sem tirar o chapéu, tossica.

— Hora de lidar na cozinha.

Sai bem aprumado na frente. De noite ele troca a bengala pelo guarda-chuva e segue para o clube. Famoso artista do pôquer, o maior blefador. Abre o guarda-chuva atrás da cadeira, que ninguém lhe espie as cartas.

Meia-noite entra a Negrinha esbaforida.

— Seu João.

Quieto.

— Nhá Maria mandou dizer que está adoecendo.

Já em trabalho com dores e gritos. Ele, sem se distrair das cartas:

— Eu sou a parteira?

Uma hora da manhã volta a Negrinha, olho bem amarelo:

— Seu João.

Nada.

— A parteira mandou dizer que não dá conta.

Chorando a última carta, de relance para a Negrinha:

— Eu sou o médico?

Longa pausa.

— Chame o doutor Pedro.

Duas e meia da manhã, terceira vez ali a Negrinha. Grande susto dos parceiros, mas não dele.

— Seu João.

Impávido no cigarrão de palha.

— Vim lhe dizer que...

Tossica o velho pigarro. Olha firme para a Negrinha.

— ... é menino muito viçoso.

Homenagem ao quinto varão, abre na mesa a trinca de reis e par de valetes.

Um Passeio no Inferno

Depois de um sono agitado foi se virar: o braço esquerdo inútil. Quis levantar — a perna esquecida. Ao chamar pelo traste da velha, gorgolejou ronco feio.

— Credo, João.

De joelho e mão posta — bem como ele implicava.

— Está com meia boca.

Em coma três dias e três noites.

— E quando voltou a ideia?

— Lá no fundo da cama. Me lembrei da canastra aberta. Ao alcance da velha bruxa. Na mesma hora bradei: *Sua corruíra nanica!*

Cinco dias depois o genro lhe corta o cabelo e faz a barba.

— Já está melhor. Mas não repare. Ainda com meia boca.

— Sorte, não afetou a fala.

No corredor é prevenido o amigo.

— Só não fale em derrame. Que ele não sabe.

— Olhe quem está aí, pai. O compadre Carlito.

O aperto bem forte da mão válida.

— Salve o bichão.

De repente abre no choro. Entorta mais a boquinha. Esfrega o olho para secar a lágrima.

— Cada vez mais firme.

— A bendita gripe me pegou.

O eterno vidro de emulsão na mesinha. Uma colher no copo d'água. Sob a cama o urinol branco de ágata. Papagaio verde de plástico.

— Já soube que fez a barba. E cortou o cabelo. Sempre um galã.

Sentadinho na cadeira de braço. Lenço branco no pescoço, bombacha cinza listada, bota preta. Ao ombro a capa azul de forro escarlate de rei dos tropeiros.

— Foi um mau jeito. Agora eu descobri.

Do maldito vento encanado — essa velha com a mania da porta aberta.

— Isso acontece. A perna como está?

— Ela não governo. É a Maria que mexe por mim. Em vão forceja, sem bulir.

— O braço, sim, já responde. Com a massagem. Outro dia senti um sinal.

— Onde foi?

— Na mão. Entre os dedos.

— Já viu. Logo mecê...

— Era só uma tola coceira.

Cinco da manhã quer pular da cama — o valoroso corpinho não acode.

— Fiquei sem pensamento. Três dias.

— Até mais bonito. Mais gordo.

— Porco fechado engorda. É de comer e vadiar.

— Com boas cores.

Bochecha rosada. Cabelo branco e bem penteado. Olhinho direito raiado de sangue.

— É da pressão.

Nem um só dente.

— Que nada. Isso é saúde.

Orgulhoso demais para usar dentadura.

— Sabe o quê, o André? Chegou aqui: *Não se incomode, nhô João. Minha mãe teve a mesma doença. E durou quatro anos.* Eu perguntei: Daí o que aconteceu? *Daí ela se finou.*

Chorando no riso:

— Isso é consolo?

Com a destra afasta a dobra da capa. Expõe a mão inerte.

— Sem serventia, a desgraciada.

Suspende-a e, morta, deixa cair.

— Foi um sonho, seu João. Já esquecido.

— Sonho não.

Duramente belisca a mão traidora.

— Um passeio no inferno.

Falar em inferno, entra a megera de perna cambaia. Amorosa, mas de bigode e voz grossa. Enquanto não sai, ele fica de olhinho lá longe na janela.

— Acordo à uma da manhã. Daí começo a brigar.

— Com quem?

— Com a minha cabeça.

Soberbo recusa o boné xadrez e a manta de lã. Erguido na cadeira pelo genro e o compadre. No quintal deliciado com o beijo do sol por entre as folhas da laranjeira. Uma gorda lágrima corre pelo narigão rubicundo.

— Sabe o que esse velho quer?

Chorando e rindo na flor dos setenta e sete anos.

— Mulher. Só fala em mulher.

Chega a tossir de satisfação.

— Mocinha bonita?

— Mais baixo. Olhe a corruíra. Cuidado.

— Que passa por perto?

Para ele é sempre um abismo de rosas, um turbilhão de beijos, uma tropa galopante com espadas e bandeiras.

— Nem uma escapa!

Tocaia

Se eu conheci a famosa Lurdinha Paixão? E como podia esquecer? Ver uma vez era lembrar para sempre. Sabia que deixou um filho? O Eduardo, grandalhão, ombro curvado, carpinteiro. Armava o caixão de nossos defuntos. Ele que fez, coitado, o da própria filha. Dorinha, morta de tifo, menina loira, uma fita vermelha na trança.

Nhá Lurdinha já não era mulher-dama. Com os anos aquietou e engordou. Da casa fez pensão de viajantes. Dizem que, mesmo velha, tinha amásio. Um simples carroceiro, de nome Firmino, atirado à traição.

De uma tocaia me lembro muito bem. Era menino de calça curta. Podia ter uns nove, dez anos. O resto da história quem me contou foi o Juca Pires. Tinha um carro de praça e era o sineiro preferido do padre Tadeu. No enterro tangia triste que dava dó.

Nessa época, me disse o Juca, nhá Lurdinha recebeu um forasteiro. Altão, magro, meia-idade. Bigodeira, terno de brim riscado, corrente prateada no colete. Esse homem foi sempre um mistério. Ninguém sabia de onde veio nem ele contava. Conversa pouca, saudava de longe. Nhá Lurdinha só dizia que o nome era João. Nem apelido ele tinha.

Naquele tempo, o senhor sabe, não havia documento. O homem ficou de pensionista uns dois a três meses. O Juca a tudo assistiu. O tal João toda tarde, na boca da noite, entrava na igreja. Vinha a pé, às vezes de bengala, pela calçada do hospital. Subia os degraus na hora em que o Juca batia o sino. Rezava, cotovelo no joelho, mão no rosto — a falta do mindinho esquerdo. De volta à pensão não falava com ninguém.

Tudo aconteceu numa tarde de inverno. O Juca espiou da janela do coro, no alto da escadinha em caracol. Não fazia muito frio. A praça ainda não existia. Chamavam de passo da igreja. O Juca repicou o sino e, da janela olhando o passo, viu um cavalo amarrado no coreto. E à sombra do poste no beco de nhá Joana um vulto agachado. Tinha poncho negro e o chapelão escondia o rosto.

A bota ressoando na calçada, assim que o João alcançou o beco, o vulto saiu de trás do poste. Já de pistola na mão. Deu um tiro no peito à queima-roupa e, para ter certeza, mais um. Correu até o cavalo, atalhou pelo passo e sumiu na rua das tropas.

Eu era guri de pé descalço. Quando a notícia chegou no campinho de futebol — mataram um homem no passo da igreja! — corri até lá. Noite escura, já tinham levado o corpo. Sabe que a bengala nunca foi encontrada? Seu Tito comentou: *O inocente não se esconde. Esse João tinha culpa e medo.* E para mim, o desgraçado: *Aqui não é lugar de criança.* Pisei na mancha quem sabe úmida — seria sangue? Fui espiar de longe a pensão de luzes acesas. Na maior tristeza voltei para casa.

Sei que nhá Lurdinha violou a bruaca, nenhum documento. Achou algum dinheiro, o Eduardo fez o caixão. No enterro ela mais dois ou três pensionistas. Como sempre o Juca dobrou a finado. Disse que nunca tangeu com tanto sentimento. E o mistério ficou. Ninguém soube quem matou e por que foi. Ninguém reclamou o defunto. Nem visitou a cruz no cemitério.

Minto, dias depois desceu do trem a dona toda de preto com um menino de seus sete anos. O Juca só repetia: *Que mulher, Xande. Que mãozinha branca.* Naquele tempo não dava para ver mais nada. *Que boca, Xande.* Dona de cetim preto — seria luto ou faceirice? — e boquinha pintada. Mocinha não era. Se tanto, uns trinta anos, que é idade muito boa.

O Juca ali parado diante da estação. Ela se chegou: *O senhor é o dono do táxi?* Não é táxi, minha senhora. É carro de praça. *O senhor conhece um forasteiro? Um homem alto, magro, de bigode?* Ele não tem uma pinta preta aqui na testa? *Tem, sim.* Então eu sei. O que ele é seu? *Parente longe, se é quem eu penso.* Seu nome como é? *Maria.* Maria de quê? *Só Maria não chega?* O Juca alisou a costeleta e, não fosse tão fagueira, teria revidado. A mulher disse para o menino: *Vá até o pátio. Preciso conversar com este senhor.*

O Juca não perdeu tempo: Um homem assim, como a senhora perguntou, foi atirado no passo da igreja. E morreu na hora. Ele acha que a dona já estava a par, nem piscou. *O nome dele o senhor sabia?* Morava na pensão de nhá Lurdinha. Só dizia que se chamava João. *Assim não é quem eu penso. Por que a senhora não vai ao cemitério? O coveiro está lá.* Ela recusou o táxi ou carro de praça. *Então com licença.*

O coveiro depois contava ao Juca. A dona chegou de mão com o menino. E perguntou onde estava um homem atirado dias antes no passo da igreja. Ele apontou o túmulo até jeitoso que nhá Lurdinha pediu. E disse que a mulher não rezou nem fez o sinal da cruz. Só olhou o túmulo bem quieta e saiu de cabeça baixa. Como veio, se foi no trem da tarde. E dela ninguém mais soube.

O Juca insistia: *Por essa mulher — e que mulher, Xande — o sangue foi derramado.* Para ele tudo fácil. Quem há de conhecer a verdade? Decerto nhá Lurdinha, ela sim, podia contar. E o que dizia? Só que o nome era João. Mais nada.

Se o estranho ela não chorava, bem se descabelou pelo Firmino. Moço bonito, bigodinho preto, vivia à custa da velha, por ele arruinada. Não é que se engraçou com uma filha do coronel Padilha? Muito branca e donosa, porém casada.

Nem uma semana passou. Perto da estação ele tocava a carroça — seu gosto era estralar o chicote. Foi tiro certeiro na nuca. Morreu ali na hora, ninguém para botar a vela na mão.

Outra vez o matador não foi descoberto. E qual de nós não sabia quem era? Com moça casada naquele tempo ninguém fazia arte.

A Filha Perdida

De volta do emprego, o pai no boteco até as nove da noite: bebe cachaça, joga palito, berra truco. Borracho, caindo pela valeta. O pigarro no primeiro degrau anuncia a sua chegada.

Senta-se à mesa da cozinha, cabeça baixa. Sempre de costas para a filha perdida. Como não fala com a mulher, nunca discute. Liga o radinho, fã do grande Orlando Silva.

— Isso que é sentimento.

Cinco da manhã, os lanhos ferozes da navalha na cara, sai de bicicleta. A família já sabe: bêbado na volta. Atropelado, rasgado, esfolado. Nariz sangrento, puxando da perna e arrastando pelo guidão a dolorosa companheira. A mulher esconde uma e outra pecinha. Ele pragueja, nem desconfia, acha que foi perdida na última trombada. Dá sempre um jeitinho de consertá-la.

*

Se é a filha que serve o caldo apetitoso de feijão:

— A sopinha eu que fiz, pai.

Sem provar, ergue-se bamboleante e despeja-o na pia.

— Não é sopa. Isto é lavagem.

Cambaleia até o quarto, uma presilha na calça e de sapatão, dorme na hora — quando bebe demais, ronca. A velha pega o travesseiro, vai para o sofá vermelho da sala. Resmunga do rádio ligado, da janela aberta, da nuvem de pernilongo.

*

Cinco da tarde, a filha enche de cachaça o copo, mistura limão e açúcar. Mais o comprimido efervescente. Novo copo e novo comprimido. Depois o terceiro. Bebe e acende um cigarro no outro, linda na blusa amarela, short azul, tamanquinho branco. Quer esquecer tudo. Ali no seu canto, sozinha. Por todos enjeitada.

*

O queixume do pai, no quarto.

— Não me sinto bem. Estou com medo.

Não tem ar no quarto. Quer pegar, as coisas caem no chão. Rola no tapete, morde a língua que espuma, arranha o braço e o pescoço. Rastejando até a janela, derruba o vasinho de violeta, distingue a menina:

— Me acuda... você.

A amiguinha ri divertida e pula ao redor só num pé.

— Chame tua mãe.

*

Sentada no chão, mal percebe os vultos, as vozes tão longe.

— Já sei — arrenega-se a velha. — Tal pai, tal filha.

Acha o copo com o pozinho no fundo.

— Você não tem vergonha?

Sem poder falar. Já é noite. Alguém lhe bate de leve no rosto.

— Acorde, Mirinha.

Assusta-se, vai cair, o friozinho na barriga. Está caindo lá do alto — o corpo mais depressa que a alma. Ela foge pela boca aberta. Mirinha grita e se debate às cegas para agarrá-la. Não é que acerta no rosto do pai?

— Ah, é assim? Não me respeita?
— Desculpe. Eu não...
— Não tem desculpa.

Furioso, arrasta-a escada abaixo, rasgando a blusa novinha, esfolados o braço e a coxa.

— Foi sem querer, paizinho.
— Não quero mais te ver.

Alcança atrás da porta o famoso cacete.

— Cala a boca. Ou se arrepende.

Sem entender, ela engrola feio palavrão. Recebe pontapé no joelho que a derruba.

— De você não quero saber.

Ele baixa o porrete. Um golpe acerta no olho direito. Que sangra. Na hora ela não sente.

— Espere aí, sua bandida.

Corre ao porão, volta com a lata de querosene e despeja à sua volta.

— Ponho fogo. Acabo com a imundice em casa.

A velha arranca-lhe da mão o fósforo aceso. Ampara até o quarto a filha que, abatendo-se na cama, vê a negra cortina ali no olho. Primeiro um, depois outro. Em pânico se agita, derruba o elefante azul — oh não, a tromba partida.

— Acenda a luz, mãezinha.

— Está acesa.

— Não seja ruim. Acenda, por favor.

— Não grite que não adianta.

O pai sentado na cozinha olhando pela porta aberta do quarto. Não de costas, como seu hábito.

— Por favor, mãe. Acenda a luz.

— Você não está me vendo?

A voz bem próxima. A imagem lá no fundo, do outro lado.

— Chegue mais perto.

— Estou aqui.

Tateia e beija a mão trêmula da velha.

— Não me deixe morrer, mãezinha.

Que lhe afaga o loiro cabelo molhado de querosene. De relance no quarto escuro não é o bafo de cachaça e cigarro do pai?

*

De manhã lá vai ele que fura o sinal vermelho na contramão.

Cega a pobre moça o dia inteirinho.

Nove da noite, o pai recolhe os cacos da bicicleta, pigarreia e tropeça no primeiro degrau.

De tristeza a filha chora tanto que volta a enxergar.

Ser Mãe no Paraíso

João casa e faz na moça um filho por ano. Faz filho até deixar a dona imprestável. Bêbado, surra a infeliz. Obrigada a se esconder no chiqueiro para não apanhar. Tanto filho, tanto apanha, tanto se esconde no chiqueiro, ela morre.

Finada a mulher, João dá todos os filhos — cinco ou seis? Minto, são sete. A menina de doze anos você não quis, largada no asilo. Ele fica livre e casa outra vez.

Sabe com quem? Com a Maria Bugio. Tem mais: O padrinho fui eu. Ela o Fantasma da Ópera em vestido azul de bolinha.

— Mais feia que a Zezé do Cavaquinho?

Uma bruxa velha de olho branco vazado.

— A cara medonha da Zezé.

Aquele olho de fazer qualquer criança gritar.

— Mas no corpinho da moça de vinte anos.

Bem me lembro do cortejo festivo no sábado de sol. A noiva de perna grossa, cintura fina, só a cara de bugio. Aquela meia boca, olho de bugalho, nariz furado.

— Eu é que sei — ele se vangloria. — No escuro qual a diferença?

Tipo faceiro, cabelo grisalhando, flor de laranjeira na lapela do terno azul-marinho.

— Muito juízo, rapaz. Não faça bobagem.

— Deus lhe ouça, doutor.

— Não carece dar louvado. Evite filho, isso sim.

Foi casar, beber, engravidar a Maria. Bebendo e batendo no triste bugio.

Que afinal procura o sargento. Uma criancinha chorando no braço e grávida de outra.

— Já sei, Maria. Não precisa contar. Com esse olho roxo.

— Me acuda, sargento. Que ele judia e mata.

— Só falta que faça mais dois filhos.

De boquinha torta ri gostosa.

— Que será da pobre de mim?

— E você se esconda na capoeira.

Apanhando, um filho no colo, como salvá-lo? Atira-o janela fora. Não é que Deus existe? O pé do menino preso na forquilha da laranjeira.

Cresce espantado e bem gago no medo de cair da forquilha.

— A surra por que foi?
— Meu rabinho de cavalo.

Basta seja feiosa e se enfeitar não pode?

— Morre de ciúme, o coitado.

Lá vem nosso herói metido a valentão. Reinando com dona casada. O paletó azul rasgado e imundo: avança na mulher e apanha do marido. Vadio, engorda à custa da Maria, que é milagrosa parteira.

Chapelão branco e botinha vermelha de grande domador. O método é famoso: amarra o potro. Só água, nada de milho. Uma surra por dia. Mais que ensinado, bem mansinho, a orelha toda mordida.

Dá com a tranca na cabeça de Maria — já se viu, fita amarela no cabelo? A vizinha tem de atrelar a carroça e levá-la no domingo para o hospital: cinco pontos na mioleira.

Ela, a Maria, que não deixa o sargento.

— Já prendo esse vagabundo.
— Pelo amor de Deus, sargento. Não faça isso.
— Precisa de uma lição, o bandido.

Ao nenê faminto ela oferece o bico negro do seio:

— O culpado é o Balaio de Pulga.

Não cabe mesa nem cadeira. Estreito corredor, dois ou três caixotes, mais os bêbados — sempre lugar para mais um.

— O sargento devia fechar. É uma perdição.

Do Balaio o João sai cambaleando. Verte em plena praça um rio de espuma — onde ela cai já não cresce a grama.

— Segura o hominho!

Cuidado, não é a pistolinha na mão? O brado retumbante e dois tiros certeiros na lua cheia.

— Aqui não tem macho.

Aos tombos chega em casa, mete a botinha na porta. Maria foge pela janela.

— Com o hominho ninguém pode.

O galo da vizinha não para quieto. João firma-se na cerca, fecha um olho e, no meio do clarim, tiro e queda.

— Conheceu, papudo?

De manhã a dona volta, ressabiada. Rindo feliz João cerca-a na cozinha. E de pé contra a mesa faz mais um filho.

Os Dias Contados

Sentadinho na ponta da cadeira, gesticulante. Olho aceso lá no fundo.

— É uma gosma na garganta. A comida não desce. De noite levanto da cama, aflito. Ando um pouco, daí passa.

— Isso dá no fumante. Não é nada.

— Já tirei chapa. Está tudo limpo.

— Nem pense nisso. É bobagem.

— Agora fiquei tranquilo. Estive bem desconfiado.

— Pior foi o Pestana. Há três anos dei com ele na rua. Achei que era o fim. A língua inchada, meio de fora. E agora veja. Disposto outra vez.

— É. Mas no sábado ficou ruim. Ele virava o olho. Só faltou a vela na mão.

— O que foi?

— Um ar de paralisia. Ficou de queixinho torto.

Lá da cozinha a velha corcunda arrasta-se no chinelo de feltro. Cabeça baixa, só erguida para dizer alguma coisa.

— Cuido bem do meu velho.

— Não sou teu velho.

— A senhora pode deixar. Amanhã já festeia com a Lurdinha Paixão.

— Essa gosma me representa que é uma solitária.

— Está com boa cara.

— Fui no Carlito. Me deu um lombrigueiro. Sabe que melhorei?

— E a gosma? Não voltou?

— No almoço um pouquinho. Mas bem menos.

— Cor é importante, seu João. Bem vermelha a ponta dessa orelhinha.

Friorenta, esfregando a mão, aparteia a velha:

— Veja como está seco e fraquinho.

— Mofina é você.

Brabo repuxa a negra cinta de ilhoses prateados.

— Olhe a calça sobrando.

— E não me responda, velha.

— Pior que magreza é a pança deste aqui.

E o amigo bate na barriga do Lulo, bem quieto ali de pé. Nhô João ri, feliz.

— Isso é pinga.

— E o médico, seu João? O que ele disse?

— No consultório estavam quatro na minha frente. Chegaram mais dois. Foram atendidos antes de mim. Não sou de perder a paciência. Mas não aguento desaforo. Levantei, falando alto. A diaba da enfermeira ouviu. Você pensa que sou um peregrino? Pensa que sou mula amarrada no poste? Quero falar com o doutor, e já. Com o susto, nem foi preciso chamar. O doutor Pedro abriu a porta. *Que é isso, seu João?* Estão me fazendo de bobo, doutor. *O senhor tem que voltar à tarde. Para aplicação do raio de luz.* Essa não, doutor. Esse raio seca a pessoa por dentro. O compadre Lauro fez sete aplicações. Voltou para casa no caixão.

— Daí o que ele disse?

— Me deu umas cápsulas. Proibiu o cigarro e mandou de volta.

— Viu como não é nada?

— Conhece o Nenê, filho do João das Neves?

— Ora, o Janguinho Pepé? Que nasceu de pé para dentro?

— Esse rapaz que está me valendo. Me fez um chá de andrade. Quer ver? Dá em toda parte. Até no seu potreiro. A casca a gente tira. E o lenho vai para o fogo.

— Quanto tempo?

— Meia hora. Quer ver? Tenho um quase pronto.

Corre até o fogão e traz o copo fumegante.

— Cor bonita. Parece vinho rosado.

— Quer provar?

— Decerto.

— Alivio a quentura.

Despeja de um para outro copo. Às suas costas, a velha observa sacudindo a cabeça na maior incredulidade. Ele enche o cálice e oferece.

— Gosto de pau. Mas não é ruim.

Sem careta, o amigo engole até a última gota.

— Tomo seis copos todo dia.

— Já provou licor de ferro? Só faz bem. Pode comer de tudo?

— Só não abuso.

Assanhado pela conversa, o canarinho estrala que dói nos ouvidos.

— Ovo quente. Sopa rala de batata. Caldinho de carne. E broinha de fubá mimoso.

— Não tem muita sustância.

A velha torna ao ataque:

— Ele teima não comer carne. Diz que não assenta.

— Nem a moela, seu João? O coração e a sambiquira?

— Estou forte. É o que me anima.

— Só aceita sopinha e mingau. Isso ele come bem. Mas carne, essas coisas, não desce.

— Seu João vai longe. Quer trocar o seu coração pelo meu?

— O coração ajuda, não é? Debalde não posso ficar. Serro lenha, trato da criação, semeio rabanete.

— Esse aí não tem parança. É tatu de dois ninhos.

— Ó velha desgraciada.

Que se esgueira para a cozinha já lidando no fogão. Ele fica de olhinho perdido na janela.

— E quando a gente falta? Será que carece testamento?

— Por lei tudo o que deixa é da mulher.

A velha para de mexer na panela, colher de pau no ar.

— Se ela morre antes...

— E não duvido que aconteça.

O riso mais triste no dentinho amarelo. Entre ela e eu, que vá primeiro ela.

— ... tudo o que deixa ao senhor pertence. Me diga, seu João. Para bronquite, será que andrade é bom?

— O barbeiro Jacó, lembra-se dele? Morreu de velho. Com noventa anos. Toda tarde, vestidinho de preto, catava um galho no potreiro. Senti pena foi do

Lauro. Entrou lépido no hospital. Voltou finadinho no caixão. O tal raio de luz. O mesmo querem fazer comigo? No meu lombo ninguém bole.

O amigo despede-se da velha no borralho, suspirosa.

— Estou com uma esperancinha.

E do velho altaneiro ali na porta.

— Seu João não morre nunca.

Bate no ombrinho, só osso, mais nada.

— Mais vinte e um anos para completar a centena.

O sobrinho Lulo acompanha-o até o portão.

— O velhinho não sabe. Com os dias contados. O doutor não dá três meses.

Rosinha e Gracinha

— Primeiro foi a Rosinha. A mais velha, dezessete anos. Ficou só de calcinha no repuxo da praça. Encheu de gente. Pudera, meio-dia, sábado de sol.

— Ela e o barbudo.

— O filho do André. Cabeludo mais cafajeste. Sempre no blusão negro de couro.

— Chegou a polícia. Ela se assustou. Cobria-se com as mãos: *Sou a filha do doutor João*. O guarda não se convenceu. Levou os dois no carro-forte.

— Na delegacia, ao saberem quem era, soltaram depressa.

— O escândalo, já imaginou? Todos gozando a desdita do pai.

— Uma vizinha comentou: *O doutor está pagando o seu orgulho*.

— Já não saía de casa. Só de vergonha. Vinte anos abstêmio, rendeu-se ao vício.

— Moço era bêbado de cair. Seresteiro, saudoso no violão.

— Depois da Rosinha foi a menor. Quinze aninhos.

— Mais linda uma que a outra.

— Puxaram à tia — a famosa Lurdinha Paixão.

— Três da tarde, no intervalo da aula de geografia. A Gracinha...

— ... sentada no colo da professora. O livro caído no chão.

— As duas se abraçando e se beijando.

— Na boca. De olho fechado.

— E todas as colegas olhando ali na janela.

— Uma filha pode ser a desgraça do pai.

— A minha, felizmente, Deus levou.

— A Rosinha — ou foi a Gracinha? — com o sargento. Na última fila do cinema.

— Todinha nua debaixo do casaco.

— De noite a pobre mãe acordou com o barulho. Foi ao quarto das filhas. Quem estava lá na cama? No meio das duas. A Maria saiu gritando no corredor: *Socorro, João. Um negro.*

— E o João, de borracho, nem podia levantar.

— O negro fugiu. E ele com muito custo foi à delegacia dar queixa.

— Que assaltante é esse? Já viu um bandido deitado na tua cama?

— O que estava fazendo?

— Quem? O negro? O que você acha?

— Dona Eufêmia diz que a mãe entrou foi no quarto do filho. Deu com o negro debaixo da cama. Ela gritou: *Acuda, João. Um negro.* E o negro fugiu.

— Será que também o filho ...

— Tão grande o furor que as duas chamaram o negro.

— Quem era?

— Era de fora. Sei que era um negro. Que entrou na casa. E nada roubou.

— Mal teve tempo de pular a janela. Só de cueca.

— O João chegou no quarto, olhou e viu. *Essa roupa de quem é?*

— Entre as duas a calça e a camisa riscada do negro.

— Uma delas: *Não sei quem deixou.* Como não sabe? Quem foi, sua...? *Sei lá. Apareceu.*

— Podia ter jogado debaixo da cama.

— O João demorou. Dava tempo.

— A filha nunca reconhece o pai que tem.

— Uma semana antes da estreia do circo.
— A Maria foi com as meninas.
— Repuxando no ombro o xale de crochê. A manga vazia presa com alfinete dourado.
— O João fez uma das filhas depois que ela perdeu o braço.
— Com a única mão bate palmas para o palhaço.
— Os rapazes em fila para se esfregarem no par de cadelinhas.
— Aquela noite o João foi visto andando na calçada.
— *De tão bêbado não fica de pé* — disse a Marta —, *ele se debruça.*
— Um vizinho achou que era insônia. Outro, indigestão do caldinho de feijão.
— Onze horas a Maria chega do circo. Acende a luz da mesinha. O João bem quieto. Ela vai ao banheiro, põe a camisola, volta. Olha para ele, afasta o lençol, dá um grito.
— A gente nunca acredita.
— Aos berros pela rua: *Socorro, depressa. Acuda o João.*
— Bem mortinho há duas horas.
— Se foi do coração por que a espuma na boca torta?

— E a moeda no olho? E o algodão no ouvido e narina?

— No velório, em desafio ao pai, uma delas agarrada com o tipo.

— De pé ali no corredor escuro.

— E o branco peitinho de fora.

— Assim que saiu o enterro, a Rosinha devolveu o anel ao noivo, imposto pelo pai.

— E foi correndo para os braços do filho do açougueiro.

— Não sei o que viu nele.

— Ele tem olho verde.

— Já não a quis. Ela disse: *Agora sou dona do mundo.*

— Virgem louca, loucos beijos.

— Vendidos ao velho Carlito. Gordo e careca, dente de ouro, seis filhos menores.

— E a Gracinha?

— Gargalhando, loiro cabelo ao vento, na garupa de um motoqueiro.

— Com quem gosta ela vai.

— As duas são furiosas. Insaciáveis. Fazem de tudo. Com qualquer um.

— Não estranha que o pobre João...

— *Ele se foi,* disse a Maria. *Mas eu...*

— Óculo escuro, bem pequena, abanando a manga direita vazia.

— ... *fiquei. Para cuidar de minhas meninas.*

Último Desejo

Você bole no portão, late o cachorrinho, nhô João espirra a cabeça. Desta vez não foi ele, mas a velha.

— Como vai nhô João?

— Não sabia? Está muito mal.

— Barbaridade. Arruinou a coisa?

— Já não passa quase nada. Só um caldinho. Mecê entre. Está no quarto.

Um par de amigos em volta da cama. O velhinho recostado no travesseiro. Só dois olhos arregalados na cara branca de medo. Magrinho no último. Na mesinha o copo, a colher, o vidro de emulsão. André senta-se ao pé da cama.

— Que foi, amigão velho?

— Pois piorei. Amanhã faço um exame.

— Sempre é bom.

— Eles querem alargar a goela. Hoje não me queixo. Aceitando bem o chá.

— Nhá Maria vai junto?

— Para isso mulher só atrapalha.

De um prego na parede a mãozinha de lata prende a última conta de luz.

— Dá tudo certo.

— Tomara que sim.

Por ele, se dele depender, nunca que. Estralando a língua, impaciente de rematar o conserto do galinheiro. Lá fora brilham as folhinhas da jabuticabeira.

— Daqui a três anos a primeira fruta.

— Ainda há de chupar, e muita.

— Bagaço e tudo. Esperei vinte e sete anos. Só falta que...

Os pobres ossos salientes através do pijama desbotado de lista. O velhinho morreu, pensa André, com dor no coração. Está morto.

— Até outro dia, nhô João.

Eles se olham de relance: os dois sabem. É a derradeira visita?

— Coragem, nhô João.

— É o que não falta.

No corredor esbarra na velha.

— Como ele está?

— Cada vez pior. Está nas últimas. Ele não quer que eu vá. Tão fraquinho, o pobre, já não para sentado.

A velha corcunda, mas faceira. Cabelinho repuxado na fivela prateada. Longo vestido e chinelo de lã. Não parece muito sentida.

— Se aguentou de pé enquanto deu. Dois dias que caiu de cama. Brioso como é, agora se rendeu.

— O que acha o médico?

— Que não há remédio. Ele se acaba de fraqueza.

Dia seguinte nhô João vai ao hospital. Lá o doutor vê tudo perdido, sem esperança.

— Tome essas gotas, nhô João. Quando se fortalecer nós marcamos a operação.

E reservado para o amigo:

— Se piorar traga aqui. Coloco uma sonda.

Uma semana depois volta ao hospital. Impõe condição: fica sozinho, não quer ninguém. Escusa de companhia, a velha cuide do cachorrinho, do casal de garnisés, do canarinho.

— Nessa hora mulher só estorva.

Muito animadinho, grande fingidor. Que o deixem em paz. Segundo dia manda chamar o compadre.

— Estamos atendendo bem o velhinho — diz o enfermeiro. — Até banho nós damos.

Assim que o amigo senta-se ao pé da cama:

— Sabe que não sou nenhum bobo. Acreditei enquanto pude. Lutei até o fim. Não me entreguei. Agora não dá mais.

— Bobagem é essa, nhô João?

— O que tinha de fazer eu fiz. O que tinha de aguentar eu aguentei. Agora eu morro, André. Daqui a três dias.

— Nem brincando, nhô João. Esqueceu da jabuticaba? Há de chupar muita fruta madura.

— Não se pare de bobo, você. Eu sei de tudo. Quero me finar em casa. Ouça o que tenho a dizer.

— Mecê insiste. Então eu ouço.

— Não me leve para a igreja. Se nela nunca entrei vivo, por que depois de morto?

— ...

— Conhece meu terno preto? Aquele de colete. Com ele que eu vou. De sapato novo não quero saber.

— ...

— Também dispenso carro fúnebre. Quero ir na mão. O cemitério não é longe. Amigo para isso eu tenho, não é?

— Decerto, nhô João. Até demais.

— Quero ficar na carneira com minha mãe. Lá está a Joana. Três anos faz. Não deve ter sobrado quase nada. Antes peça licença para o meu sobrinho Lulo.

— Que mais, nhô João?

— Cuide bem da minha velha.

— Mecê pensou em tudo. Só que não carece. Ainda tem muita jabuticaba para se deliciar.

De manhã a ambulância (sozinho já não para sentado) deixa o velho em casa. A padiola não passa no corredor muito estreito. Devem seguir o canteiro de malvas e introduzi-la pela janela do quarto. Lá do alto ele vê a comadre Dulce na porta:

— Mecê já veio para o guardamento?

As dores insuportáveis, quem aplica a injeção é o Carlito.

— Ele pedia. Eu dava. Amortecia, o pobre. De fraqueza dormindo três a quatro horas.

Inútil a maldita sonda na garganta — a voz mais débil e rouca.

— Tudo comido. Pingava água de marmelada na língua. Como entrava, saía. Nada mais funciona.

É durão, o velhinho. De manhã o amigo dá com ele de quatro fora da cama. Arrastando-se ali no chão. Para ir sozinho ao banheiro.

Após a injeção, repuxa o lençol até a boquinha torta, posto em sossego.

— Não sei por que, Carlito. Me deu vontade de melancia. Será que você arranja?

— Pra já.

Escolhe bem rosada, tira a semente, recorta o miolo suculento. Nhô João espia do fundo da cama, olhinho vermelho de gula. Leva o primeiro pedaço à boca, chupa, cospe no prato:

— Não desce...

Quatro vezes prova um novo bocado.

— Pronto. Matei a vontade.

Daí cochila, quietinho.

— Cinco da tarde foram me chamar na farmácia.

Entra no quarto, nhô João diz:

— O diabo da dor voltou.

— Já trouxe a injeção.

— Então depressa. Não aguento mais.

Espeta a agulha na feridenta nádega murcha. Nhô João esmorece, aliviado. Resmunga em surdina sobre jabuticaba madura.

— Agora está melhor. Chegando o fim. Agora é o fim.

Ainda pergunta da vaquinha de leite. À sombra da laranjeira trina o canarinho. A velha espia da porta, sem coragem de entrar. Ele geme:

— Puxa, como dói...

E num longo suspiro:

— Agora me vire. Bem devagari...

Sem acabar a última palavra.

— Ajeitá-lo com cuidado, na horinha... finou-se nos meus braços.

A velha para o relógio da sala — cinco e meia em ponto. Canário, corruíra, pintassilgo, pardal, todos começam a cantar. Bem que o velho tinha razão:

— Quando está para chover eles fazem seresta.

Chega o sobrinho Lulo:

— Abrimos o túmulo da velha. Está tudo limpo.

No quintal cala-se o cachorrinho ao toque de silêncio do garnisé.

— Ajudei a dar banho e vestir.

As mãos uma sobre a outra, não postas nem entrelaçadas. Os pés atados por um cadarço branco. Ah, não, velhinha desgraciada. Ganhou a discussão final: sapato novo de verniz, sola imaculada.

Envolvendo o queixo um lenço creme de seda amarrado no alto da cabeça, um nadinha torta. O clarão da vela faísca na pontinha amarela do dente. O famoso terninho preto, colete abotoado. Em volta do corpo sete rosas sanguíneas e frescas.

— A viúva? Onde está a viúva?

— Lá na cozinha.

No velório o compadre André chora e bebe uma garrafa de conhaque.

Hora do enterro, sem ser convidado, insinua-se o pastor dos crentes. Diante do defunto brandindo a velha Bíblia — até quando, Jó, sentado na cinza e vestido de bichos? Ó Lázaro, sai para fora. Por que choras, mulher?

Debruçada no caixão, nhá Maria espanta duas moscas teimosas, uma verde, outra azul. Meio da encomenda, ela se ergue:

— Vou mudar de roupa.

Calor medonho das cinco da tarde, o amigo sufoca de paletó e gravata.

— Veja. A barriguinha estofada.

Da longa demora incha de gases o ventre do finadinho. Não é que na penumbra nhô João fosforesce?

Arenga o pastor — Maria, não me toques —, observa o amigo na parede o retrato colorido na moldura oval dourada, nhô João na flor dos vinte e poucos anos, era fermosa a siá Maria, de franjinha e boquinha de coração — essa velha eu queria nos bons tempos. É uma Sousa, todas fogosas.

Um tipo se adianta, em despedida agarra a mão do defunto, que estremece. André, exaltado pelo álcool, pensa: Nhô João, altaneiro como seu avô, já protesta. Nunca foi de intimidade. Já senta no caixão e exige água sublimada para lavar as mãos.

Menina mais linda — sobrinha ou afilhada? — sentadinha ao pé do caixão. Cruza a perna, sobe o vestido, o joelhinho desponta redondo e branco. Muito melhor que nhô João é seguir o gesto da moça. Dá com o embevecimento de André e baixa do céu o olhinho azul.

Daí começa a disputa: o caixão sai ou não pelo corredor?

— Tem de ser pela janela. Que teimosia, André. Se a padiola não entrou pelo corredor, como é que passa o caixão?

Brabo, voz rouca:

— Deixe por minha conta.

E nada de a velha voltar. Que tanto se enfeita? Afinal aparece no costume azul-marinho, meia de seda, chinelo xadrez de feltro.

Carlito olha para o André:

— Fechamos?

O outro com arzinho bêbado de riso:

— Está na hora.

Antes de baixar a tampa, retira o cadarço branco — os pés bem juntinhos. Mas não o lenço de seda no queixo — lá se vai nhô João com o lencinho de estimação.

Atarraxam as borboletas. Uma não quer fixar:

— Ajuste. Aperte com força. Não deixe fresta.

Sai o caixão balouçando pela janela. O quintal cheio de gente que pisa no canteiro de malvas, se abana ao sol, enxuga no lenço o rosto abrasado. Por entre as vozes o gorjeio saudoso do canarinho amarelo.

— Está errado, Carlito. Os pés para a frente não. Não os pés.

A parte mais fina do caixão.

— Assim é o certo. Os pés na frente. Então não sabe?

O velho carregado na mão, como pediu. O caixão bem levinho.

— Quantos quilos ele perdeu?

— Todos. Era só osso.

Umas quarenta pessoas, quando muito. A tantos metros um reveza o outro na alça pegajosa. Atrás em marcha lenta os seis carros: primeiro o André, depois o Carlito e os demais, apenas os motoristas.

O sol espirra de sangue as vidraças, alguns se protegem à sombra recortada das casas. Curiosos assomam às portas e janelas. Outros tempos: à passagem do defunto os negociantes já não cerram as portas. Minto, o velho ferreiro se persigna e encosta o largo portão.

Cinquenta minutos de marcha debaixo da soalheira. André tira o paletó, afrouxa a gravata, abre a camisa lavada de suor. Para se distrair olha as casas — em cada porta saudado por uma alma penada.

Do Elias Turco ali a mulher que se afogou no poço — o grito dos sete filhos em desespero.

O grande Bortolão esmagado pelo galho de pinheiro.

A Cotinha peituda e bunduda — uma chaga secreta.

O Tito enforcou-se na pitangueira — a mocinha furiosa o engana comigo e você. Que burro, esse rapaz — comenta o delegado, olhando-o ali pendurado.

O gorducho doutor Janjão com ataque de tanto comer queijo.

E a dona Celsa que se finou de muito roer unha.

Um por um, até o fim da rua, acenam da janela os pobres fantasmas.

O suor escorrendo no carão afogueado, os caminhantes pedem carona. Na porta do cemitério mais gente nos carros que a pé.

À entrada o túmulo da célebre Santinha, morta a pedradas pelos moleques.

— Quem é sem pecado atire a primeira pedra? — pergunta o André. — Foi o que deu.

— Sempre uma vela acesa. Dia e noite.

— Será que faz milagre, essa grande putona?

— Mais respeito, André.

Ele emborca o resto da segunda garrafa.

— Dizem que a Nenê faz ainda mais. Lá na zona. Enquanto viva.

Além do cemitério acendem-se as primeiras lâmpadas vermelhas nas casinhas de mulheres da vida.

— Fale mais baixo, André.

— Adeus, amigão velho de guerra.

Já introduzido nhô João na carneira — primeiro os pés.

— Por que não endireitam o caixão? Oh, não, ficou bem torto.

Assim enviesado defrontará o anjo vingador, o sol negro, a lua de sangue, o quinto cavaleiro do Apocalipse?

— Da irmã não sobrou nada. Morreu sequinha como ele.

— Isso que é ser macho. Isso que é saber morrer. Um simples carpinteiro. Qualquer um chamava o padre. Não ele.

Entre palavrões arrasta a língua brancosa.

— Igual a ele. Não acredito em merda nenhuma.

— Eu não digo nada. Por via das dúvidas.

O pastor é o primeiro a abraçar a viúva, que não gosta. Os demais dão pêsames e se atropelam por um lugar de volta nos carros.

— Esse pastor é bicha. Filho do sargento Zeca. Veio só de exibido. Que é que o Jó tem com isso?

— Não grite, André.

— Daqui vou para a zona.

Do fordeco saltam um por um.

— Que traição, poxa. Ninguém me acompanha, poxa?

Por fim desce o Lulo.

— Está ficando tarde.

— E sabe do que mais? Foi o último desejo de nhô João.

— ...

— Que por ele eu visitasse a Nenê.

Este livro foi composto na tipologia
Minion Pro Regular, em corpo 13/18, e impresso
em papel off-set 90g/m² no Sistema Digital Instant
Duplex da Divisão Gráfica da Distribuidora Record.